KB118024

체이서

체이서

CHASER

문지혁 장편소설

너 자신을 알라
_델포이의 아폴론 신전

내가 누구인지 말할 수 있는 자는 누구인가?
_윌리엄 셰익스피어, 『리어왕』

안드로이드의 기능은 존재에 우선한다
_마크 J. 어반, 『안드로이드 사전』

브이시티 V city

지구상에 존재하는 단 하나의 도시. 직사각형의 두 땅이 알파벳 V자 모양으로 느슨하게 겹쳐 있어 '브이시티'라는 이름으로 불린다. 공식 명칭은 통합정부 자치특별시. 도시를 제외한 행성의 나머지 부분은 얼음으로 덮여 있으며, 일명 '유리 바다'로 통칭된다.

브이시티는 총 여섯 개의 구역으로 나뉜다. 주거 지역인 A와 C 구역, 도심 지역인 B와 D 구역, 공업 지역인 E와 F 구역이 그것이다. 일반적으로 도시 부유층은 A구역에, 중산층은 C구역에, 빈민층은 E구역에 거주하며, 극빈층과 안드로이드들은 '소돔(Sodom)'이라 불리는 F구역에 분리되어 있다. 소돔은 도시 최대의 슬럼이자 게토로, 범죄다발 구역이다.

도시의 계층구조는 역삼각형 형태를 이룬다. 부유한 자들이 인구의 50퍼센트 이상을 차지하며, 중산층은 30퍼센트, 나머지는 빈민층과 극소수의 극빈층으로 이루어져 있다. 빈민층이 적다보니 부족한 노동력을 충당하기 위해 인류는 안드로이드를 생산한다. 원형질 배양과 세포 복제에 관한 혁명적 연구들이 쏟아져나온 뒤로, 안드로이드 제조 기술은 비약적으로 발전하였으며, 안드로이드의 짧은 수명에도 불구하고 그들을 하나의 제품으로 소비할 수 있는 경제적 효율성이 확보되었다. 안드로이드 대부분은 공장이 밀집되어 있는 E와 F 구역에서 대량생산되나, 일부는 소돔 지역에 산재한 소규모 공방에서 개별적으로 소량 제작되기도 한다.

정치체제는 통합정부를 중심으로 이루어진다. 통합정부는 세기 전 발발한 세계대전 직후 생존자들이 수립한 정치조직으로, 인류의 생존과 번영을 지상 과제로 둔다. 통합정부는 미디어, 자연환경, 기후, 공공시설, 안드로이드 개체수 등을 통제 관리하며, 각 구역별 대표와 초기 생존자 대표들로 이루어진 대표위원회를 중심으로 운영된다. 이들이 선출한 위원장이 시장의 역할을 수행하나, 누구인지는 공개적으로 밝히지 않는 것이 원칙이다. 통합세기 14년 현재 브이시티는 제4대 위원장의 임기중이다.

보편공유지식 검색을 계속하시겠습니까?

[예] [아니오]

예언자

Prophet

엘리베이터가 추락을 시작한다. 둔탁한 기계음과 함께 느껴지는, 몸이 가볍게 위로 떠오르는 듯한 찰나의 환각. 그리고 이어지는 하강. 생명의 흔적이 소거된 이 밀실엔 추락을 기꺼이 받아들이는 자의 우아함이 깃들어 있다. 나는 엘리베이터 내부를 살핀다. 천장에서 쏟아지는 무발광 레이저의 은은한 황색 빛이 회색 벽면에 황금색 그림자를 드리운다. 잡다한 장식은 없다. 붙어 있는 것은 오직 문 오른쪽 벽면의 버튼 두 개뿐. L 그리고 B. 알파벳의 뜻은 아마 로비와 베이스먼트겠지. 아니, 라이온과 버드일 수도 있고 래리와 밥일 수도 있다. 쓸데없는 생각. 사고의 흐름이 왜곡되는 건 일종의 패턴이다. 에너지와 시간의 낭비. 줄이거나 없애야 한다.

B 버튼에는 불이 들어와 있다. 타는 순간 버튼을 눌렀지만 나는 이 승강기가 얼마나 깊이 내려가는지 정확히 알지 못한다. 꼭 알아야 할 필요가 있는 것은 아니다. 그러나 아직 나는 추락을 우아하게 받아들일 준비가 되어 있지 않다. 정확히 말하자면 나는 추락이 두렵다. 이 공포의 기원은 무엇일까. 생각하는 순간 몸이 미세하게 찌그러지는 느낌이 들면서 B 버튼의 불이 꺼지고 문이 열린다.

프레드릭&제임슨
뇌신경 연구소 부설 정신병원

조명은 눈이 부실 정도로 강한 백색이다. 엘리베이터를 빠져나오다가 잠시 멈칫한다. 빛에 적응하는 일은 언제나 시간을 필요로 한다. 천천히 눈을 감았다 뜨고 리셉션 데스크로 향한다. 소음 흡수재가 깔린 바닥에선 발소리가 나지 않는다. 마치 컨베이어 벨트에 서 있는 기분이다. 간호사로 보이는 여성이 인기척에 고개를 든다.

"이런 연락을 받고 왔습니다만."

신분증과 UDC(United Digital Communicator, 통합정보단말기)를 내밀자 간호사는 나를 한번 쳐다보더니 컴퓨터에 대고 뭔가를 탁탁 쳐 넣는다.

"소회의실로 가세요. 오른쪽으로 돌아 끝에서 다시 왼쪽으로, 여섯번째 방이에요."

그녀는 웃음기 없는 얼굴로 말한다. 까무잡잡한 피부로 보아 라틴아메리카계인 듯하다. 라틴아메리카. 학살과 정복의 땅. 내 데이터베이스에 입력된 정보대로라면 그곳은 눈물의 땅이다. 회한의 땅이다. 이교도와 정복자들의 땅이다…… 한번 입력된 정보는 수정이 쉽지 않다. 잘못된 정보는 모르는 정보보다 고치기 힘들다. 나는 라틴아메리카에 가본 적이 없다. 누구라도 그럴 것이다. 존재하지 않는 곳이니까. 어쩌면 처음부터 존재하지 않았는지도 모른다. 인간들의 표현대로라면 존재하지 않는 대륙을 말하는 것은 '유령을 가리키는' 행위다. 그렇다면 눈앞의 여자는 유령의 후손인가. 그녀가 일러준 방향을 되뇌며 걸음을 옮긴다.

소회의실 문을 열자 흰 가운을 입은 사내와 잘 차려입은 여자가 나란히 앉아 있다. 나는 내가 그들의 대화를 중단시켰음을 깨닫는다. 그들이 나누던 음성 신호의 잔향이 연기처럼 문밖으로 사라진다.

"저는……."

"알고 있습니다. 앉으시죠."

사내가 말을 끊는다. 나는 의자를 끌어당겨 앉는다.

"체이서?"

나는 고개를 끄덕인다. 상대의 말을 끊는 버릇이 있는 자들을 나는 좋아하지 않는다.

"어디까지 알고 계시죠?"

이번에는 여자다. 고개를 돌려 그녀를 바라본다. 선명하게 칠

한 붉은 입술이 무채색의 배경 속에서 도드라진다.

"잘 모릅니다."

"뭘 모른다는 거죠?"

다시 사내. 취조당하는 느낌 역시 좋아하지 않는 것들 중 하나다. 내가 여기 온 것은 대답하기 위해서가 아니다.

"전부."

사내의 눈을 똑바로 쳐다보며 말한다. 사내는 여자와 눈을 맞춘다. 어떤 안도감 같은 것이 둘 사이로 미세하게 흐르는 것을, 나는 놓치지 않는다.

"첫번째 환자가 죽은 건 사흘 전입니다."

"정확히는 서른네 시간 전이요."

남자가 말하고, 여자가 끼어든다. 이들은 무슨 사이일까. 나는 이들의 이야기를 듣는 데 별다른 흥미가 없다. 의뢰인들은 자신의 사건이 특별하고 예외적이라고 생각하는 경향이 있다. 그러나 대부분의 사건은 비슷한 구조를 지닌다. 먼저 충분한 데이터를 모은 다음 거기서 일정한 규칙을 찾아내기만 하면 그다음부터 모든 사건은 분류 가능한 대상이 된다. 간혹 새로운 유형이 나타나기도 하지만 그 역시 분류에 한 항목을 더할 뿐이다. 시스템을 뒤엎는 일은 결코 일어나지 않는다. 아니 일어날 수 없다. 만약 어떤 일이 시스템 바깥에서 일어나는 것처럼 보인다면, 이걸 명심해야 한다. 당신이 파악한 그 시스템은 잘못되어 있다.

"처음엔 다들 사고라고 생각했죠."

남자가 다시 말한다. 나는 이 둘이 연인이거나, 적어도 몸을 섞은 적이 있는 사이임을 직감한다. 직감. 우스운 단어지만 이 말밖에는 달리 설명할 도리가 없다. 여자를 바라보는 남자의 눈초리나, 남자 쪽으로 다리를 꼬고 구두코를 까딱거리는 여자의 자세 같은 것들에서 감지되는 감정적 파장이랄까. 높낮이와 떨림을 중심으로 그들의 음성 신호를 분석한다면 더 흥미로운 결과가 나올 것이다. 하지만 그 역시 시간낭비다.

"어떤 종류의 사고였습니까."

빤한 질문이다. 하지만 인간들의 입을 여는 데 이보다 좋은 연료는 없다. 지금 나는 이들에게 그 연료를 공급할 용의가 충분하다.

"괴상했어요."

여자가 말한다. 흐릿한 눈빛이다.

"한 번도 본 적 없는 유형의 죽음이었죠."

"구체적으로?"

"마치 뭐랄까…… 껍질만 남아 있는 것 같은."

"박제처럼 말입니까?"

"박제를, 알아요?"

남자가 끼어든다. 흥미롭다는 표정이다.

"알면 안 되는 이유라도 있습니까?"

물론 화난 것은 아니다. 하지만 이런 식으로 묻는 인간에게는 이렇게 응대해야 한다.

"아, 미안합니다. 그런 의도는 아니었어요. 차별주의자는 아니니 오해 마시길."

남자가 물러선다. 나는 여자 쪽으로 고개를 돌린다.

"맞아요, 박제예요."

여자가 실내등을 끄더니, 방 반대편의 스크린을 켠다.

시체를 보는 건 드물지 않은 경험이다. 일반인이라면 다를 수도 있겠지만 적어도 나 같은 체이서에겐 그렇다. 사실 시체라는 개념은 온당치 않다. 내가 보는 건 인간들의 시각에서 대개 폐기물이라는 명칭이 더 어울리는 것들이다. 수명이 다한 안드로이드를 인간들은 결코 죽었다고 말하지 않는다. 그들은 어차피 폐기물이 될 운명이었던 안드로이드에게 왜 죽음이라는 단어를 붙여야 하는지 의아해한다. 그러나 마찬가지로 이백 년도 살지 못하는 인간이 왜 동일한 운명을 지닌 다른 존재에게 불평등한 잣대를 적용하는지 나는 납득할 수 없다. 내가 안드로이드이기 때문만은 아니다. 인간이란 존재의 키워드 중 하나는 자기모순이다. 본인에게 해당하는 것을 다른 대상에게 적용하지 못하거나 혹은 그 반대거나. 안드로이드는 기능을 멈춘다. 인간 역시 기능을 멈춘다. 시간의 차이가 있을 뿐 본질은 같다. **우리는 모두 죽는다.**

여자가 보여준 첫번째 홀로그램에서 시체는 눈을 뜨고 있다. 크게 치켜뜬 것은 아니지만 눈동자가 보일 정도는 된다. 머리가 반쯤 벗어진 중년 남자. 인종 구분은 뚜렷하지 않으나 니그로이드 계열로 파악된다. 양 끝이 묘하게 당겨 올라간 입술 때문에 웃고 있는 듯하다. 마치 잠이 덜 깬 상태에서 누군가를 흐

못하게 지켜보는 표정이다. 스트립 댄서라도 앞에 있었던 건가. 그러고보니 홀로그램이 떠 있는 위치와 시체의 시선, 여자가 서 있는 자리가 절묘하다.

"무슨 병을 앓고 있었죠?"

"단극성우울증."

여자가 대답한다.

"증상은?"

"극단적 공격성향, 대인기피, 파괴성향……."

"여기엔 우울증 환자가 많습니까?"

"정신병에 우울증만 있는 건 아니죠. 수많은 병이 있을뿐더러, 병명이 같다 해도 그 증상과 양태는 모두 다릅니다."

남자가 말한다.

"하지만 웃고 있는 것처럼 보이는군요."

공중에서 천천히 회전하고 있는 시체를 가리키며 말하자 여자가 대답한다.

"저 환자에겐 생애 처음이자 마지막 순간이었겠죠."

"사인은 뭡니까?"

"그게……."

"이렇다 할 사인이 없습니다."

남자가 굳은 표정으로 답한다.

"사인이 없다뇨? 죽지 않았다는 얘깁니까?"

"저 환자는 죽었으면서 동시에 살아 있어요. 죽음과 삶의 경계선을 밟고 있달까요."

여자가 말한다.

"좀비라는 애깁니까 지금?"

"좀비라는 단어를 알아요? 재미있군요. 그런 셈이죠."

여자의 목소리는 쾌활하기까지 하다. 그녀는 다음 홀로그램을 불러온다. 또다른 시체가 회의실 벽 앞에 떠오른다.

"자폐증 환자예요."

이번엔 소녀다. 아니, 소년일지도 모른다. 성별을 확신하기 힘든 시체는 갓 십대에 들어선 듯하다. 축 늘어진 금발 머리. 불만이 있는 것처럼 튀어나온 입술. 분명한 코카소이드. 십대 특유의 무표정이군요,라고 말하려다가 나는 멈춘다. 그런 인상은 내 데이터베이스에 저장된 보편공유지식 섹터에서 나온 것이다. 나는 십대를 경험한 적이 없다. 내 인식 행동 지각 감각 판단 경험, 즉 인간들이 뭉뚱그려 '삶'이라 부르는 그 순간은 내 경우 29세부터 시작되었다. 경험이 없는 기억을 거짓이라 한다면 내가 십대에 대해 발언하는 모든 것은 거짓이다.

"성별은?"

나는 조금 더 온당한 질문으로 바꾸어 묻는다.

"헷갈릴 만하죠. 홀로그램에도 워낙 규제가 많아서. 저렇게 보여도 남잡니다."

남자가 답한다.

"사인은?"

"역시 없죠."

"뭐라고 부릅니까, 이런 경우는?"

"뭐, 처음이니 부르기 나름이겠죠. 리빙데드, 언데드, 식물인간, 산송장…… 또 뭐 있지?"

남자가 여자를 바라본다. 여자는 다소 한심하다는 표정이다.

"명칭보단 현상이 문제예요. 이건 이제까지 발견된 적 없는 죽음이에요. 의학적으로 설명 불가능한데, 그렇다고 좀비처럼 영혼이 담긴 항아리가 옆에 놓여 있는 것도 아니고."

"그건 또 무슨 얘깁니까?"

"항아리 얘기, 몰라요? 원래 좀비를 만들 때 그 영혼은 항아리에 넣어둔다고 하잖아요. 부두교 사제 보코가."

"또 그 얘기야?"

남자가 인상을 찡그린다.

"먼저 식물인간에 산송장까지 들먹인 게 누구죠."

"가능한 얘깁니까? 내 말은, 과학적으로."

내가 끼어든다.

"테트로도톡신을 이용해요. 신경의 나트륨 채널의 작용을 방해해서 가사상태에 빠지게 하면 산소가 결핍되고, 그 결과로 전두엽이 손상돼요. 뭐, 정확히 영혼이 없다곤 할 수 없겠지만 생각이 없는 인간을 만들어낼 수는 있지요. 영혼이라는 개념 자체가 비과학적이긴 하지만."

"항아리 얘기는 뭡니까?"

"무덤에서 시체를 파내 좀비로 만드는 의식을 거행할 때, 옆에 놓는 거예요. 영혼을 담는다고는 하는데, 실제로 거기 담기는 건 망자의 머리카락이나 손톱쪼가리죠. 부두교에선 사람이 죽으면 영혼과 육체를 분리하는 의식도 치르니까요."

"그게 저 홀로그램 속 시체와도 관련이 있는 겁니까?"

"글쎄요, 모르죠."

여자가 어깨를 으쓱해 보인다.

"그럴 리가 있겠습니까."

남자가 코웃음을 치며 덧붙인다.

"그러니까 우리도 답답하단 얘깁니다."

좀비. 영혼. 항아리. 시체.

오늘 나는 나와는 가장 먼 거리에 있던 단어들을 상대하고 있다. 이들이 진정 내게 보여주고 싶어 하는 것은 무엇일까. 내게 원하는 건 뭘까. 순간 나는 서인도제도의 어느 깊은 밤, 누군가의 무덤을 파헤치고 있는 섬사람들을 상상한다. 그들이 파낸 시체 옆에 놓인 과묵한 항아리 속처럼, 나는 이 남녀의 속을 알 수 없다. 여자가 홀로그램을 넘긴다.

"마지막 시체예요."

이번엔 노년의 남성 몽골로이드. 백 년은 좋이 넘었을 법한 노화가 그의 얼굴과 몸 전체에 진행되어 있다. 이번엔 그냥 자연사라 해도 이상하지 않을 정도다. 그의 표정은 온화하고 부드럽다. 역시 눈은 뜨고 있지만 아시아계 특유의 찢어진 눈이라 눈동자는 보일 듯 말듯 숨겨져 있다. 나는 그가 지금 보고 있는 것이 무엇인지 궁금해진다.

"역시 동일합니까?"

"항아리만 없다뿐이죠."

남자가 냉소를 담아 말한다. 나는 홀로그램의 앞뒤를 찬찬히 훑어본다. 여자가 스크린 한쪽을 슥 밀자, 앞서 본 두 구의 시체들이 양쪽으로 떠오른다. 열을 지어 천천히 돌고 있는 세 사람. 세 시체. 아니, 사람도 시체도 아닌 그들. 영혼 없는 육신들.

"이건 마치……."

끝나지 않은 내 문장을 여자가 완성한다.

"그래요, 표본조사 같죠."

§

홀로그램이 꺼진 회의실에 세 사람이 마주 보고 앉아 있다. 정확히는 두 명의 인간과 안드로이드 하나. 대화의 주제는 연쇄살인. 서른네 시간 동안 세 사람이 죽었다. 아니, 그들의 가정대로라면 영혼을 잃었다. 박제되거나 좀비가 된 육신. 소위 '영혼'이라는 것이 존재한다면, 영혼을 빼앗는 것은 살인이라 부를 수 있을까.

"왜 날 불렀습니까."

나는 머릿속을 가득 채운 생각과는 동떨어진 질문을 던진다. 생각하는 것을 들키고 싶지 않을 때 가장 좋은 방법은 상대에게 뭔가를 질문하는 것이다. 되도록 지금 내 뇌가 집중하고 있는 것과는 전혀 다른 것에 대해. 물론 왜 나를 불렀는지 역시 중요한 문제긴 하다. 하지만 이미 내가 여기 와 있는 이상 돌이킬 수는 없다.

"경찰을 불렀어도 될 거고, 체이서를 고용하려면 나 말고도 많을 텐데……."

"물론."

남자가 말을 끊는다. 벌써 여러 번째.

"아무도 얘기해주지 않던가요?"

이번엔 여자다. 나는 고개를 가로젓는다.

"당신을 부를 수밖에 없었어요."

"그럴 리가."

"이봐요, 모든 걸 알려고 하면……."

"모든 게 아니라 '이 사건'을 알려는 거요."

끼어든 남자의 말을, 이번엔 내가 자른다. 순간 맹수처럼 재빠르게 어떤 감정이 그의 얼굴을 밟고 지나간다. 여자가 씩 웃더니 말을 잇는다.

"우리 병원엔 예언자가 있어요."

"예언자?"

"다른 환자들이 그렇게 부르죠."

"환자란 얘깁니까?"

"그래요. 우리 병원이 설립될 때부터 있었다고 해요. 나도 다는 모르지만."

"과대망상의 전형적인 예라고 할 수 있죠."

남자가 음음, 헛기침을 하더니 말을 받기 시작한다. 상기된 얼굴. 자신이 준 것을 돌려받을 때 낯설어 하는 인간들은 어디에나 있다.

"예언자라는 말 자체가 병명을 말해줍니다. 원래 망상장애라는 게 현실 판단에 이상이 생겨서 나타나는 증상이죠. 신과 교통한다거나 미래를 본다거나 하는 식으로. 특별할 것 없는 병이에요. 인류 역사상 가장 오래된 병이니까."

남자의 말이 길어지기 전에 나는 재빨리 다른 질문을 던진다.

"주로 어떤 증상을 보입니까?"

여자가 남자를 흘끗 쳐다보곤 대답한다.

"식당이나 단체치료실처럼 여럿이 모여 있는 공간에서 늘 알아들을 수 없는 말을 해요. 시끄럽거나 소란을 피우는 타입은 아녜요. 조용히 앉아서 책을 읽거나 뜨개질을 하다가, 옆에 누가 오면 몇 마디 속삭이듯 건네는 식으로. 망상 환자치곤 일관성이 있었어요. 말이 많거나 횡설수설하는 것도 아니고요."

"그걸 꾸준히 해왔다는 얘깁니까, 병원 개원 이후로?"

"나도 내가 여기 오기 전에 일어난 일에 대해선 잘 몰라요."

여자가 난감하다는 표정을 지으며 말을 잇는다.

"내가 듣기론 그전까진 주로 추상적인 예언을 했다고 해요. 곧 세상이 멸망할 거라느니, 어둠의 세력이 서서히 일어나고 있다느니…… 뭐, SF 같은 거 안 봤어요? 묵시록류에 늘 등장하는 것들 있잖아요. 커다란 유리구슬 같은 거 앞에다 놓고 폼 잡는 캐릭터 말이에요. 그런데 이 할머니는 생글생글 웃으면서 멸망을 예언한다니까요."

"여성 노인입니까? 인종은?"

"몽골로이드. 극동 지역 혈통인 것 같아요."

"만나볼 수 있습니까?"

여자는 씩 웃더니 쾌활한 어조로 대꾸한다.

"당신을 불러달라고 한 게 바로 그 예언자예요."

§

회의실을 빠져나와 화장실을 찾는다. 뒤에서 남자가 여자에게 "안드로이드도 화장실에 가?" 하고 묻는 소리가 들린다. 병신들. 당연한 얘기지만, 안드로이드도 똥을 싼다. 인간의 것을 복제한 장기와 피부조직으로 이루어진 안드로이드의 육체는 인간의 그것과 동일하다. 다른 점이라면 너희가 300개의 뼈를 가지고 태어나 성장을 거쳐 206개로 줄어드는 대신 우리는 처음부터 206개의 뼈를 가지고 시작한다는 것. 성장이 아니라 유지와 노화만 존재한다는 것. 그래서 너희가 겪는 이 빌어먹을 생리현상을 살아 있는 한 우리 역시 똑같이 겪어야 한다는 것. 차이는 그것뿐이다.

화장실은 복도 끝에 있다. 어디에도 요즘 시티에서 유행인 안드로이드 출입금지 표시나 안드로이드용 소변기가 따로 있지는 않다. 평등추구권을 지지해서라기보단 어차피 안드로이드가 드나들 일이 없는 장소라 그럴 것이다. 나는 소변기로 다가가 지퍼를 누른다. 뱀처럼 생긴 소변기가 튀어나와 성기를 감싼다. 성기가 삽입되자 간단한 소독과 함께 배설이 이루어진다.

손을 씻고 있을 때 누군가 화장실로 들어온다. 왜소한 코카소이드 사내. 거울로 그의 옆모습을 힐끗 보았을 뿐인데 또다시 좋지 않은 느낌이 든다. 직감. 이런 기분이 들 때마다 나는 난감하다. 이것은 안드로이드에게 허락되지 않은 영역이다. 같은 뼈 개수, 동일한 장기, 똑같은 생리현상으로도 복제되지 않는 것. 아니, 않아야 하는 것. 그것이 인간만의 영역이라면 나는 선을 밟고 태어났다.

"못 보던 얼굴인데. 새로 오셨나?"

서둘러 나가려는데 뒤에서 목소리가 들린다. 돌아보지 말았어야 했는데 나는 고개를 돌리고 만다.

"그런 셈이지."

"보아하니 환자는 아닌 것 같고…… 의사도 아니신 것 같은데?"

사내가 배설을 마치고 내 쪽으로 걸어온다. 회색과 초록색이 묘하게 섞인 눈동자. 그 눈동자를 맞바라보며 나는 원인을 알 수 없는 두려움을 느낀다. 이건 뭐지? 사내의 눈동자는 깊게 뚫려 그 끝을 알 수 없는 구멍 같다. 서늘하고 차가운 시선이 검색용 레이저처럼 몸을 훑고 지나간다.

"오호, 당신?"

사내가 두세 발짝 앞에 서더니 말한다.

"인간이 아니군."

"댁이 상관할 바가 아닐 텐데."

"맞는 말씀. 그런데 이상하지? 왜 그랬을까."

사내가 혼자서 고개를 갸웃거린다. 알 수 없지만 흥미롭다는 표정. 인간들 중엔 종종 이렇게 노골적으로 호기심을 드러내는 자들이 있다. 그런데 이 경우엔 좀 다르다. 그에게서 안드로이드에게서만 느낄 수 있는 기계적 신호가 미약하지만 분명하게 감지된다.

"그만하지."

나는 돌아서 걷기 시작한다. 등 뒤로 달라붙는 사내의 시선이 좀처럼 떨어지지 않는다.

§

소회의실로 돌아가자 남자는 자리에 없다. 여자는 자신의 UDC를 들고 뭔가를 읽고 있다. 내가 문을 열자 여자가 단말기를 끄고 일어선다.

"갈까요?"

여자가 앞장서 걸어간다. 복도를 따라 걷다가 왼쪽으로 방향을 틀자 거기 좀전에 마주친 녹회색 눈동자가 서 있다. 두 사람은 눈인사를 나눈다. 여자가 무슨 말인가를 하려다가 마는 것을 나는 본다.

여자가 고개를 돌려 계속 따라오라는 눈짓을 한다. 나는 녹회색 눈동자를 한 번 더 쳐다보고 여자를 쫓는다. 사내는 날 힐끗 보더니 반대 방향으로 걷기 시작한다. 멀어져가는 가볍고 규칙적인 발걸음이 사내의 조심스럽고 치밀한 성격을 말해준다. 꼿꼿한 뒷모습이 발소리가 소거된 복도 저편으로 멀어져

간다.

"예언자와 연쇄살인은 무슨 관련이 있습니까?"

뒷모습이 사라진 것을 확인하고 내가 묻는다.

"그녀가 이 세 사람의 죽음을 예언했어요."

"어떤 식으로?"

"병실 넘버를 얘기하며 그 주인이 오늘 밤 영혼을 도둑맞을 거라고 했대요. 처음엔 일부 환자들만 동요했을 뿐 무시하는 분위기였죠. 그런데 다음 날 실제로 사건이 일어난 거예요. 그때까지만 해도 우연의 일치일 거라 생각했죠. 하지만 그날 저녁 휴게실에서 그녀가 다시 예언을 하고 다음 날 또 한 사람이 죽고, 다음 날 또 예언을 하고 세번째 사람까지 죽자 병원이 발칵 뒤집혔죠. 환자뿐 아니라 의사들과 나머지 스태프들도."

여자는 들릴락 말락하게 한숨을 쉬더니 말을 이었다.

"이제 환자들은 그녀를 신처럼 떠받들고 있어요. 예언자 가 이아라고 부르더군요. 워낙에 분열증이다 망상장애다 해서 알 아들을 수 없는 말을 하는 사람이 많으니 무슨 뜻인지는 정확히 모르겠어요. 알고 싶지도 않고, 알 수 있을 것 같지도 않고."

"날 불렀단 건 무슨 얘깁니까?"

"세번째 환자가 그렇게 되고 나서 우리가 그녀를 면담했어요. 환자들을 동요하게 만드는 행위라 위험하다고 판단한 거죠. 그런데 아무 말도 안 하는 거예요. 어떤 질문에도 묵묵부답. 그러다 결국 우리가 지쳐서 마지막으로 할 말 없냐고 물으니까 난데없이 체이서를 불러달라고 하더군요."

"그게 납니까?"

"그래요. 당신에게 꼭 전해야 할 말이 있으시답니다, 우리 예언자께서……."

여자가 613호 앞에 멈춰 서더니 문을 연다.

사방이 흰색으로 칠해진 벽은 아무런 장식도 없다. 20평방미터가 될까 말까 한 방엔 탁자 하나, 책상 하나, 의자 두 개가 전부다. 그들이 말한 예언자는 탁자 앞 팔걸이의자에 앉아 있다. 머리가 희끗희끗한 동양계 여인. 알이 볼록한 안경 너머로 조그마한 갈색 눈동자가 구슬처럼 반짝인다.

"오늘은 또 무슨 예언을 하실 작정이세요?"

여자가 말한다.

"이 사람?"

예언자가 나를 올려다보며 묻는다. 여자가 고개를 끄덕인다.

"잠시만 단둘이 얘기할 수 있으면 좋겠는데."

"그러시죠. 맘껏 얘기하세요."

여자는 나를 향해 "전부 녹화될 거예요"라고 하고는, 엄지손가락으로 끝나면 회의실로 오라는 시늉을 해보인 뒤 방을 떠난다. 나는 예언자를 마주 보고 의자에 앉는다.

"당신이군요."

자리에 앉자 예언자가 말한다.

"날 부른 이유가 뭡니까."

"뭐일 것 같나요."

"난 수수께끼 같은 건 안 합니다. 안드로이드 검사라도 하는 겁니까?"

"당신이 안드로이드란 건 이미 알고 있어요."

"그럼 이유나 말해요."

"보통의 안드로이드와 다르다는 것도 알지요."

"뭐라고요?"

"아무튼," 예언자는 의자를 끌어당긴다. "시작해봅시다."

마지막으로 기억나는 것은 그녀가 탁자 위로 두 손을 살며시 올렸다는 것뿐이다.

좁은 공간에서 반(反)물질폭탄이 터지는 것 같은 진동과 굉음이 일어난 뒤, 나는 의식을 잃었다. 이런 충격을 일으킬 수 있는 폭탄의 종류는 무엇일까? 반중수소탄? 광자폭탄? 잠깐이지만 뇌와 신체기능이 정지한 것 같다. 다시 깨어난 것은 의식 어딘가로 스며든 예언자의 목소리 때문이었다.

들
리
나

요

?

자유낙하 하듯 시차를 두고 음성신호가 하나씩 들어온다. 어딘지 알 수 없는 통로를 통해서다.

— …….

— 아마 들릴 거예요. 좀 놀랐겠지만.

— 뭡니까…… 이건?

— 나예요. 당신 앞에 앉아 있는 사람.

— 아니, 지금 내가…… 당신과 어떻게 의사소통하고 있는 거냐고요? 이건 마치…….

— 맞아요. 지금 우리는 음성기관을 이용하지 않고 있어요. 정신과 정신이 직접 맞닿아 있는 상태니까.

— 무슨 말인지 모르겠군요. 날 어떻게 해보려는 거라면 당장 그만두는 게 좋을 겁니다. 당신은 결국 망상장애 환자에 불과해요. 그들이 보고 금방 달려올 거요.

— 그러지 못할 거예요. 안타깝지만.

— 무슨 소립니까. 지금 이 상황도 전부 녹화되고 있다고…….

— **아뇨. 그렇지 않아요.**

그녀의 신호에서 단호함이 느껴진다. 나는 계속해서 이 신호자극이 들어오는 경로를 추적하려 애쓴다. 그러나 지금 나는 아무것도 보이지 않고, 들리지 않고, 느껴지지 않는다. 심지어 숨을 쉬고 있는 것 같지도 않다. 죽어 있는 것 같다. 불이 나가버린 밀실에 갇힌 기분이다.

— 왜죠.

답을 알 수 없는 문제의 답을 묻는 아이처럼, 마침내 내가 묻는다.

— 지금 이 순간 시간은 흐르지 않고 있으니까.

— 도대체 그게 무슨…….

— 내가 시간을 멈췄어요. 쉽게 말하자면.

나는 혼란을 느낀다. 너무나 인간적인 것들을 묻는 자극이 연속으로 입력될 때 메인칩에서는 혼란 회로가 활성화된다. 예를 들면 농담이나 수수께끼 같은 것. 효용과 의미, 가치와 판단이 모호한 질문들이 입력되면 시스템에 과부하가 걸린다. 그러면 안드로이드는 자기방어 차원에서 혼란 회로를 가동한다. 인간들이 머뭇거리는 것처럼, 헛기침이나 웃음으로 대답을 얼버무리듯이 우리도 비슷한 반응을 보일 수 있다. 재치나 유머 따위는 생래적으로 결여된 안드로이드라 할지라도 혼란 회로를 활성화시킴으로서 최소한 재미없거나 융통성 없는 인간처럼은 보일 수 있는 것이다.

그러나 지금은 경우가 다르다. 시간을 멈추었다니. 정신과 정신이 맞닿아 있다니. 이 여자는 누구인가. 과대망상 환자에 불과한 이 중년 몽골로이드 여자. 그녀에겐 정말 뭔가 특별한 것이 존재하는가.

— 특별한 것이 존재하죠.

— 들립니까, 내 생각이?

— 듣는다는 건 세계를 감각하는 무수히 많은 방법 중 하나예요. 난 당신의 생각이 보이기도 하고, 들리기도 하고, 느껴지기도 해요. 냄새도 나고 만져지기도 하죠. 꼭 오감에 속하지 않아

도 괜찮아요. 그냥 알게 되니까.

　─그래서 당신이 예언자인 겁니까?

　─그건 좀 다른 문제예요.

　─나한테 왜 이러십니까?

　─그래요, 용건을 말할게요. 나도 시간을 무한정 멈출 수는 없으니까. 그분을 노하게 만들고 싶지는 않군요.

　─그분이라니?

　─더 원(The One). 이 시스템을 만든 존재 말입니다.

　─당신들의 창조주?

　─남처럼 말하지 말아요. 우리가 당신을 만들었으니, 당신에게도 할아버지쯤은 되지 않겠어요. 그닥 맘에 들지 않을 수는 있겠지만.

　─용건은 뭡니까.

　─어떤 일이 시작되려 하고 있어요. 그 일을 막아야 합니다. 당신이.

　─왜 내가. 무슨 이유로.

　─모든 걸 다 알 수는 없죠. 내가 말해준다 해도 당신은 믿지 않을 거고, 차라리 그게 나아요. 내가 말해줄 수 있는 건 오직 하나, 당신은 이미 어떤 세계에 발을 들여놓았고, 이제부터 그 세계가 당신을 인도해갈 거라는 사실입니다.

　─미래를 볼 수 있다면 왜 당신이 하지 않죠?

　─미래를 보는 자는 잘못된 판단을 내리기 쉬우니까.

　─말이 되는 소립니까?

—내 말 명심해요. 미래는 미래를 아는 자의 것이 아니라 모르는 자의 것이에요.

　—어떻게 미래를 볼 수 있죠?

　—나에겐 보여요. 그뿐입니다. 이유를 설명할 순 없어요. 당신이 인간이 아닌 것처럼.

　무슨 말인지 나는 잘 이해되지 않는다. 더이상 혼란 회로조차 작동하지 않는다. 내겐 이 여자의 존재 자체가 혼란 회로다. 어서 감각의 세계로 돌아가기만을 바란다. 이 망할 정신과 정신의 만남에서 나는 완전히 벌거벗겨진 기분이다.

　—이제 곧 다시 시간이 흐를 겁니다.

　—그래서?

　—당신은 한 가지만 해주면 돼요.

　—그게 용건입니까.

　—당신을 여기까지 부른 이유죠.

　잠시 후 예언자의 메시지가 도착한다.

　—**나를 죽여요.**

　당장이라도 자리를 박차고 일어서고 싶지만 지금의 나는 정신으로만 존재한다. 육신은 통제 불가능이다. 나는 어디쯤 와 있는 것일까. 원래의 상태로 돌아가려면 어떻게 하지? 육체와 분리된 정신은 아무짝에도 쓸모가 없다. 나는 내 안에 저장되어 있는 심연을 바라본다. 암흑. 내 오래된 기억의 대부분은 암흑이다. 절대고요가 지배하는 그림자들의 세상. 암흑 속에는 움직임이 있다. 느리고 규칙적인 이동. 나는 그 속으로 실려가듯 움직인다. 떠밀려 떠밀려 앞으로 위로 때론 아래로. 그러다 갑작스러운 추락. 그것은 공포. 순전한 두려움이다. 추락이 주는 공포는 어딘가에 부딪힐지 모른다는 데 있는 것이 아니라, 그것이 영원할지도 모른다는 데 있다.

— 할 일이 끝나면 배달부가 당신을 배달해줄 거예요.

— 텔레포트입니까?

— 당신이 말하는 텔레포트는 아마도 순간전송을 일컫는 거겠지요. 당신을 해체해서 그 복사본을 다른 좌표로 전송하는 것? 하지만 이건 좀 달라요.

— 어떻게?

— 당신 자신의 좌표가 바뀌는 거죠.

— 그게 무슨……

— 당신은 여기 그대로 있습니다. 당신을 둘러싼 세계가 이동할 뿐이죠. 멋지지 않나요? 당신 한 사람을 위해, 모든 세계가 기꺼이 움직인다는 것.

— 이봐요, 난 사람이 아닙니다. 그리고 대체 누가, 어떤 힘으로 그걸 할 수 있다는 거죠?

— 세상엔 아직 당신이 알지 못하는 게 훨씬 많습니다.

예언자는 미소를 짓는다. 눈으로 보고 있는 것도 아닌데, 나는 그녀가 웃고 있다는 것을 안다. 알게 된다. 이것이 그녀가 말한 '아는' 것인가? 나는 그 미소가 두렵다. 내 논리 회로 밖에서 벌어지는 일들을 더이상은 용납할 수 없다.

— 시간이 다 되었어요.

예언자의 마지막 메시지와 함께 나는 육신이 지배하는 세계
로 돌아온다.

§

다시 아까의 그 방이다. 조명이 조금 더 밝아진 것 같은 느낌
이 들지만 확실친 않다. 내 감각이 낯설어진 것인가? 예언자는
여전히 그 자리에 같은 자세로 앉아 있다. 나는 입을 연다.

"내 미래도 알 수 있습니까?"

"보이죠."

그녀는 잠깐 동안 나를 응시하더니 덧붙인다.

"나는 당신이 어떤 삶을 살아왔는지는 몰라요. 전혀 무지하
다고 할 수 있습니다. 내 눈에 보이는 것은 오직 미래의 파편들
뿐이에요. 나는 당신이 소돔 어딘가에 서 있는 것을 봅니다. 주
위에는 시체들이 널려 있어요. 사람인지 안드로이드인지는 모
르겠네요. 시체가 아닐지도 몰라요. 그냥 그렇게 보일 뿐이니까
요. 당신은 총을 들고 주위를 돌아봅니다. 밤이고, 비는 오지 않
아요. 비교적 청명한 날씨죠. 보랏빛 밤하늘 아래. 그게 당신의
마지막입니다."

"나는 죽습니까?"

"그건 모릅니다. 다만 당신에게 더이상의 미래는 보이지 않는
군요."

나는 잠시 고개를 숙인다. 이상하게도 저절로 웃음이 난다. 머릿속에서 합선이라도 일어난 것처럼 강한 전류가 흐른다. 어떻게 해야 그녀가 말한 미래에 가 닿을 수 있는 것인지, 지금으로선 알 길이 없다.

"당신의 마지막은?"

나는 예언자를 바라본다. 그녀는 인간의 어미들이 지을 법한 다정한 미소를 지어 보인다.

"지금."

그녀가 말을 마치자 내 오른손 끝에서 섬광이 번득인다. 그녀의 작은 몸이 벽 쪽으로 날아가더니 둔탁한 소리를 내며 부딪친 뒤 힘없이 아래로 떨어진다. 곧 병원이 떠나갈 듯한 경보음과 비상전파가 울리기 시작한다. 나는 내 주위 세계가 진동하듯이 우르릉 떨리는 것을 느낀다. 한 사람의 좌표를 바꾸기 위해 세상이 움직인다는 예언자의 말을 떠올린다. 보랏빛 밤하늘 아래 펼쳐진다는 내 마지막 순간을 생각한다. 적어도 그녀는 그녀 자신의 마지막을 맞혔다. 나는 입술을 오므려 지금, 이라고 말하던 그녀의 마지막 예언을 추억한다. 예언은 성취되었다.

새도브레이커

Shadow Breaker

노크 소리가 들리기 전까지 나는 생각에 잠겨 있었다. 어제 내게 일어난 일들을 돌이켜보던 중이었다. 외형만 놓고 본다면 평소 하던 일과 크게 다르지 않았다. 의뢰를 받았고, 현장에 찾아갔고, 일을 해결했다. 여기서 해결이란 합법적으로는 검거나 체포를 뜻하지만 어제 같은 경우도 드물진 않다. 살인은 일을 그르치기보다는 해결해줄 때가 더 많다. 플러스보단 마이너스가 나은 이유와 같다. 나는 이것을 경험으로 배웠다.

그때 누군가 문을 두드렸다.

홍채인식 기능이 전부인 싸구려 도어록 시스템은 고장난 지 오래다. 마음만 먹으면 고칠 수 있는 단순한 기능이지만 나는 수리하지 않고 내버려두었다. 어차피 기계란 고장 나게 되어 있으니까. 기능을 하지 못한다고 해서 존재하지 않는 것은 아니다. 다만 존재의 방식이 달라진 것뿐이다. 나도 안다. 싸구려 도어록 편을 드는 건, 어쩌면 내 운명 역시 그와 다르지 않기 때문이라는 걸.

문을 열기 위해 걸어가며 어제 내게 일어났던 모든 일 중 가장 믿기지 않는 일에 대해 생각했다.

당신은 여기 그대로 있습니다. 당신을 둘러싼 세계가 이동할 뿐이죠. 멋지지 않나요? 당신 한 사람을 위해, 모든 세계가 기꺼이 움직인다는 것.

예언자의 말을 농담으로 여긴 것은 명백한 실수였다. 그녀에게 레이저를 날리고 탈출구를 찾기 위해 돌아선 순간, 세계가 진동했다. 단순한 떨림은 아니었다. 그것은 말 그대로 세계가 이동하는 움직임이었다. 나 하나를 재배치하기 위해. 내가 속한 좌표를 움직이기 위해. 도대체 왜. 이 세계에서 합당한 이유가 없는 일은 결코 일어나지 않는다. 누군가의 말처럼 모든 부조화는 이해받지 못한 조화다. 그러나 어제, 그 법칙은 깨졌다.

손가락을 내밀어 개폐버튼을 누르자 낯선 남자가 문 앞에 서 있었다. 스물은 되었을까. 소년과 청년의 중간쯤인 앳된 얼굴이었다. 그와 눈이 마주친 순간 나는 어제 세계의 갑작스러운 진동 직후 느꼈던 것과 비슷한 기분에 사로잡혔다. 배달부에 의해 내가 옮겨진 곳은 소돔의 변두리, F구역 699섹터였다. 한 번도

가본 적 없었지만, 이상하게 낯익은 곳. 기시감이라 부르기엔
시신경 외의 다른 감각들이 일제히 반기를 들고 일어나는 곳.

소년이 날 향해 어색한 미소를 지어 보였다.

"그 사람은 반드시 온다."

소년은 자리에 앉자마자 입을 열었다. 나는 그의 입을 빤히
쳐다보았다.

"할아버지는 늘 그렇게 말했죠."

그가 덧붙였다.

"찾아온 이유가?"

"처음엔 나도 그게 무슨 말인지 몰랐어요."

"예약을 했거나 전에 우리 사무실을 이용한 적이……."

"할아버지가 사라지기 전까지는 말이죠."

"이봐."

일을 하다보면 종종 말이 통하지 않는 사람을 만나게 된다.
그런 부류를 다루는 데는 여러 가지 방법이 있지만, 가장 확실
한 것은 내가 상대보다 더 많은 권력을 갖고 있음을 보여주는
것이다.

"지금 일어나 나가든지, 내 말에 답하든지."

나는 소년의 눈을 응시하며 말을 이었다.

"무슨 일로 온 거냐, 여기."

소년의 표정이 복잡해졌다. 헝클어진 머리카락, 피지가 번들
거리는 피부, 까무잡잡한 얼굴. 코에는 블랙헤드투성이었고, 유

행 지난 안경에는 뿌옇게 서리 같은 것이 끼어 있었다. 자세히 보니 그의 눈동자에는 초점이라고 불릴 만한 것이 남아 있지 않았다. 소년은 억지로 잘못을 시인하는 어린아이처럼 말했다.

"우리 할아버지를…… 찾아주세요."

그 후 두 시간 동안 소년은 자초지종을 설명했다. 두서가 없어 알아듣기 힘든 이야기였다. 듣기만 해도 에너지 소모가 심한 그런 류의 스토리. 소년의 이야기는 이리저리 건너뛰거나, 한 곳에 지나치게 오래 머물러 있기를 반복했다. 중요한 정보는 대개 알려주지 않았고 사소한 것들에 대해선 장광설을 늘어놓았다. 한마디로 말하자면 그건 리듬이 결여된 이야기였다. 흐르지 않는 이야기. 패턴이 존재하지 않는 이야기. 들으면서 끊임없이 조각들을 끼워 맞춰야 하는 이야기.

마침내 그가 일어서서 사무실을 나갔을 때, 나는 녹초가 되어버렸다. 사건 수임이고 뭐고 당장 그에게 메시지를 보내 미안하지만 오늘 애긴 못 들은 걸로 하자고 말하고 싶었다. 습관적으로 찾아오는 눈의 통증이 피로감을 더욱 부추겼다. 나는 일인용 소파에 깊게 파묻혀 따끔거리는 눈을 감았다. 어둠 속에서 그의 입술이 잔영처럼 움직였다.

알아야 해요, 우리 할아버지에게 무슨 일이 일어났는지.

그 문장을 두세 번 되뇌다, 나는 벌떡 일어나 앉았다. 짚이는 것이 있었다. 실종. 할아버지. DNA. 학교. 영혼. 그의 입을 통

해 흘러나온 단어들이 뼛조각처럼 하나의 날선 모양으로 맞춰
졌다. 이제 내가 해야 할 일은 이 뼈들 위로 상상의 살을 붙여
살아 있는 생명체로 재창조하는 작업이었다. 나는 홀로그램을
켜고 그의 횡설수설을 재구성하기 시작했다. 그것은 그와 함께
말하는 일이기도 했고, 그의 멜로디에 리듬을 붙이는 일이기도
했다. 나는 그의 목소리에 귀를 기울였다.

§

똑똑.

노크 소리가 들린 건 이틀 전이었어요. 일어나 모니터를 확인
했더니, 문 앞에 낯선 사람이 서 있었죠.

"예약 없인 손님 안 받습니다."

마이크를 켜고 말했어요. 하여간에 요즘은 예의라는 걸 아
는 사람이 없다니까요. 자기 편한 시간 아무 때나 찾아와, 용
건만 말하고는 사라지죠. 난 그런 사람들 딱 질색이에요. 노크
소리가 다시 한 번 들리기에, 이번엔 처음보다 톤을 좀 높여 말
했죠.

"아, 예약 없인 손님 안 받는……."

"프랭크요."

프랭크.

그 이름이 들리는 순간, 난 이렇게 되물을 수밖에 없었죠.

"이름이…… 뭐라고요?"

"프랭크."

목소리는 잠시 쉬었다가, 한 번 더 또박또박 말했어요.

"프랭크 C. 밀러."

그 사람은 반드시 온다.

할아버지는 항상 그렇게 말하곤 했어요. 내가 신분증을 만들어준 사람이니까 누구보다 내가 잘 알지. 그 사람은 반드시 다시 올 거다. 내가 살아 있다면 다시 만나게 되겠지. 내가 죽었다면 아마 네가 만나게 될 거다. 프랭크. 기억해둬라. 애야, 누구라고? 프랭크. 그래, 프랭크.

그 말을 하고 나서 얼마 되지 않아 할아버지는 정말 죽었어요. 시체를 본 적이 없으니, 정확히 말하면 사라졌죠. 하지만 내 생각에 사라진다는 건 죽는 거나 마찬가지예요. 옆에 없는 건 똑같으니까. 우리 부모님처럼요.

내가 엄마 아빠 얘기를 한 적이 있던가요? 아, 그래요. 우린 초면이죠. 난 엄마도 아빠도 기억나지 않아요. 할아버지는 늘 내 부모가 사라졌다고 했죠. 방금도 말했지만 나한테 사라진다는 건 죽는 거니까, 그런 의미에서 우리 부모는 모두 죽었고 난 고아인 셈이죠. 난 늘 그렇게 생각해왔어요.

최초의 기억은 할아버지를 처음 만난 순간부터 시작해요. 당신은 어떤가요? 아, 그래요. 지금은 내 얘길 하고 있는 거죠. 맞아요, 이제는 빽빽하게 빌딩이 들어서버린 소돔의 뒷골목에서였어요. 왜 그랬는지 자세한 이유는 알 수 없지만 눈이 너무 부어서 잘 떠지지 않는 느낌, 그 느낌만은 지금도 생생해요. 너무 많이 울었을까요? 아니면 추위나 더위 때문일까요? 물을 지나치게 많이 마신 건 아닐까요? 그래요, 이유는 나도 몰라요. 분명한 건 할아버지가 거기 있었고, 날 발견했고, 집으로 데려왔다는 거예요.

그때부터 난 할아버지와 함께 지냈어요. 몇 년 전이냐고요? 글쎄요. 사실 난 내가 몇 살인지 몰라요. 학교? 소돔엔 학교 근처에도 가본 적 없는 애들이 대부분일걸요. 나도 그렇게 자라났어요. 철이 나고 손이 커지면서 언제부턴가 자연스럽게 할아버지 일을 돕기 시작했죠. 뭐, 억지로 한 건 아니었어요. 할아버진 부지런한 사람이었고, 일을 즐겁게 하는 편이었어요. 알 수 없는 노래를 흥얼거리면서 아침부터 저녁까지 일했죠. 할아버지가 '장난감'이라고 부르는 도구들을 쭉 늘어놓고, 머리엔 작은 레이저 조명을 붙이고 일을 시작하면 난 호기심 가득한 눈으로 그걸 쳐다보곤 했어요. 할아버지 책상에는 늘 사람들 사진과 홀로그램과 DNA 샘플 같은 것들이 수북이 쌓여 있었거든요. 하지만 그 모든 게 뭘 의미하는지는 몰랐죠. 할아버지가 정확히 뭘 하는 사람인지 알게 된 건 그로부터 한참 후의 일이었어요.

당신을 존재하게 만들어드립니다!

할아버지가 손수 만든 조악한 UDC용 광고 문구. 희미하게나마 그 말의 의미를 깨달은 건 목소리가 감기에 걸린 것처럼 이상해져버린 후였어요. 전에 없던 굵고 낮은 소리가 성대를 울리며 내 입 밖으로 빠져나왔죠.

"이게 무슨 뜻이야?"

할아버지는 질문보다 내 목소리가 신기한 듯이 나를 돌아봤어요.

"벌써 변성기가 된 거냐?"

"변성기? 그게 뭔데? 그거 말고, 이거……."

나는 UDC를 내밀었지만, 할아버지는 껄껄 웃으며 작업중인 책상 위로 다시 시선을 돌렸어요.

"너도 이제 다 컸구나. 때가 됐어, 때가."

다음 날부터 할아버지는 내게 자신의 일에 대해 자세히 설명해주기 시작했어요. 할아버지가 하는 일의 의미, 절차와 기술, 장난감들을 다루는 법, 고객을 상대하는 법, 각종 돌발상황과 심지어는 단속에 대처하는 법까지. 그래요, 할아버지는 가짜 아이디를 만들어주는 사람이었어요. 하지만 단 한 번도 '가짜'라거나 '위조'라는 말을 입에 올리지 않았죠. 할아버지는 자신이 하는 일을 멋지게 포장하는 법을 알고 있었어요. 당신을 존재하게 만들어준다니! 마치 그건 조물주를 가리키는 말 같았어요. 혼자 있기 심심해서 인간을 창조했다는 그분 말이에요. 물론 우리 할아버진 돈을 벌기 위해 아이디를 만들었지만…… 하긴 어떤 면에서 할아버지는 신이나 다름없었죠. 할아버지에게 일을 의뢰하는 사람들은 정말 그렇게 생각했을지도 몰라요. 할아버지가 만들어준 작은 신분증만 있으면 '공식적으로 존재하지 않던' 사람들이 비로소 살아 있는 존재가 되었으니까요. 새로 생긴 자신의 '존재'를 손에 쥔 사람들의 표정은 하나같이 행복해 보였어요. 할아버지가 이 일을 하는 이유가 단순히 돈 때문만은 아닐 수도 있겠다는 생각이 들 정도로.

영인(影人).

왜 그 사람들을 '영인'이라고 부르는지 아세요? 할아버지 말에 따르면 그건 고대중국 문자에서 온 거예요. 그림자 사람. 어둠 속에 감춰진 사람이란 뜻이죠. 그러니 왜 그 사람들이 할아버지를 섀도브레이커라고 불렀는지도 아시겠죠? 할아버진, 그림자를 걷어내주는 사람이었죠.

아, 불법 아니냐고요? 당연하죠. 불법 맞아요. 통합정부가 그런 일을 허가해줄 리 없죠. 그렇지만 소돔에서 합법적으로 일하는 사람이 얼마나 될 거 같아요? 아니 브이시티 전체로 봐도요. 부자들도 마찬가지예요. 그들이 모두 합법적인 방법으로 돈을 벌진 않는다는 건 누구나 알죠. 당장 아저씨만 해도 불법적인 일 많이 하잖아요? 나도 그 정도는 알아요. 사람들이 왜 경찰 대신 체이서를 찾아가겠어요. 다 서로 찔리는 구석이 있어서죠.

이런, 얘기가 너무 멀리 왔네요. 아무튼 할아버지는 날 섀도브레이커로 키우기 시작했어요. 뭐, 내키지 않으면 그냥 아이디 위조범이라고 불러도 좋아요. 관점에 따라 호칭은 달라질 수 있는 거니까. 나는 일이 재미있기도 했고, 손재주도 없지 않아서 금방 일을 배웠어요. 하루하루 눈에 띄게 솜씨가 좋아졌죠. 서너 달쯤 지나자 할아버지는 쉬운 의뢰 몇 건을 내게 통으로 맡겼고, 고객들은 할아버지가 한 건 줄 알고 결과물을 받아갔어요. 성공적이었죠. 나 덕분에 할아버지는 더 많은 의뢰를 받을 수 있게 되었고, 그러지 않더라도 쉴 수 있는 시간이 많아졌다며 좋아했어요.

……그 남자가 찾아온 건 아마 그때 즈음이었을 거예요.

처음엔 단순한 고객이라고 생각했죠. 일을 배우기 시작한 이후로 고객과 상담할 때는 나도 합석했기 때문에 그날도 별 생각 없이 할아버지 옆에 앉아 있었어요. 남자는 검정색 트렌치코트를 입고 몸 여기저기 반짝거리는 장신구를 달고 있었는데, 멋있다기보다는 너무 요란해서 별로라고 생각하던 중이었죠. 남자가 말을 꺼내지도 않았는데 그날따라 할아버지는 약간 긴장한 것처럼 보였어요. 평소라면 여유 있게 농담부터 던지실 분이었는데 말이에요. 남자는 자신을 프랭크,라고 소개했고, 되도록 비밀리에 일을 진행하고 싶다고 했어요. 할아버지가 고개를 끄덕이자, 남자가 나를 보며 덧붙였죠.

"그러니까 내 말은, 아주 비밀스러웠으면 싶단 말입니다."

할아버지는 고갯짓으로 밖에 나가 있으라고 했죠. 난 좀 언짢아졌어요. 이제 난 할아버지의 동업자, 파트너, 아니 최소한 수석 조수 대우는 받을 자격이 있다고 생각하고 있었으니까요. 고객의 비밀유지 원칙 정도는 나도 안다고요. 보란듯이 문을 쾅, 닫고 나와서 이구아나처럼 문에 찰싹 달라붙어 귀를 가져다댔어요. 그 문은 할아버지가 고철덩어리로 얼기설기 용접해 달아놓은 거라 방음 같은 거엔 전혀 소질이 없는 문이었거든요.

그런데 이상하죠? 평소엔 그렇게 소리를 잘 통과시키던 문이 그날따라 과묵한 거예요. 분명 낮은 웅얼거림 같은 소리가 나긴 하는데, 무슨 얘기가 오가는지 도통 알아들을 수가 없었죠. 어렴풋이나마 알 수 있었던 건 얘기하는 쪽이 주로 프랭크라는 사실 뿐. 할아버지는 거의 듣기만 하는 것 같았어요. 간혹 짧게 대답을 하기도 했는데 그게 예스인지 노인지도 분명치 않았죠. 한동안 대화가 진행된 뒤, 잠시 동안 침묵이 흐르더니 덜컹, 하는 소리가 났어요. 살짝 문을 열어보자 할아버지는 그 자리에 그대로 앉아 있었고, 마주 앉아 있던 손님의 자리는 비어 있었죠. 진짜 이상했어요. 상담을 하게 되면 대개 처음에는 손님이 자기 사정과 필요한 것들을 말하다가도 나중에는 할아버지가 대답을 해주기 마련이거든요. 할아버지는 말하는 걸 좋아하는 노인네라 한 가지 질문에도 엄청 길고 장황한 설명을 늘어놓곤 했어요. 근데 그날은 할아버지가 거의 말을 하지 않고 듣고만 있었던 거예요. 뭔가 정상은 아니었죠.

할아버지에게 다가가 대체 무슨 얘길 했냐고 물으려다가 할아버지의 안색을 보고 깜짝 놀랐어요. 낯빛은 언더그라운드 사람들처럼 하얗게 질려 있는 데다 이마에는 송골송골 땀방울까지 맺혀 있었으니까요. 나는 아무 말도 못하고 그냥 "할아버지……" 하고 부르기만 했어요. 할아버지는 뭐라도 털어버리려는 듯이 머리를 세차게 좌우로 두세 번 흔들더니 "그래, 일해야지" 하곤 일어섰어요. 그 후에도 내가 눈치를 살피며 몇 번이나 물었지만 할아버지는 그날 둘 사이에 무슨 이야기가 오갔는지 끝내 말해주지 않았어요. 그 전에도 그런 경우가 아주 없었던 건 아니에요. 특히 중요한 손님이라거나, 나에게 해가 될 수 있는 위험한 의뢰가 들어오면 할아버지는 철저히 비밀을 지켰어요. 나를 좀 과보호하신 편이죠. 그렇지만 프랭크의 경우는 뭔가 달랐어요. 적어도 다른 경우엔 할아버지가 겁먹은 것처럼 보인 적은 없었거든요.

그날 이후로 할아버지는 눈에 띄게 말수가 적어졌어요. 자연스레 나와의 대화도 줄어들었죠. 대신 입을 열면, 오래된 녹음기처럼 똑같은 말만 되풀이했어요.

"그 사람은 반드시 온다. 내가 신분증을 만들어준 사람이니까, 누구보다 내가 잘 알지. 그 사람은 반드시 다시 올 거다. 내가 살아 있다면 다시 만나게 되겠지. 내가 죽었다면 아마 네가 만나게 될 거다. 프랭크. 기억해둬라. 애야, 누구라고?"

난 도대체 무엇 때문에 할아버지가 그토록 프랭크에 대해 반복해서 말하는지 이해할 수가 없었어요. 그리고 왜 돌아온다고 하는 건지도요. 이미 신분증을 만들어줬다면 그걸로 끝인데, 다시 올 이유가 뭐가 있겠어요? 할아버지는 점점 실수가 잦아졌고, 작업 속도도 확연히 느려졌어요. 결과물에 대한 고객들의 컴플레인이 심해지자 일도 거의 대부분 내게 맡겨버렸죠. 사라지기 일주일 전부터는 하루 종일 멍하니 앉아 있다가, 나와 눈이 마주치면 멋쩍게 웃었어요. 그리고 일주일 뒤, 아침에 눈을 떴을 때 난 깨달았어요. 또다시 혼자가 되었다는 사실을.

그 후로 할아버지를 본 적이 있냐고요? 그래요, 있어요. 바로 그저께였죠. 따지고 보면 오늘 여기 오게 된 이유도 바로 그것 때문이에요. 노크 소리가 들리고, 처음 듣는, 하지만 그동안 귀에 인이 박이게 들어왔던 이름이 들려왔죠. 프랭크 C. 밀러. 그 사람이 드디어 찾아온 거예요. 할아버지의 말처럼.

청신경 센서의 오작동을 의심할 겨를도 없이, 나는 문을 열었어요. 이 년 만에 보는 프랭크의 모습은 내 기억 속에 남아 있는 그대로였어요. 검정색 트렌치코트에 몸 여기저기 매달아놓은 반짝거리는 장신구들. 너무 요란해서 별로 멋있어 보이지 않는 것까지 그대로였어요.

"잘 지냈나?"

유일하게 달라졌다고 느낀 부분은 그의 목소리였는데, 소돔의 중국 상인들처럼 지나치게 거칠고 무거워서 성대에 이상이 생긴 건 아닐까 싶을 정도였죠.

"뭐, 그냥요."

나는 애써 눈을 마주치지 않으려고 노력하며 대답했어요. 실은 어떤 감정으로 프랭크를 대해야 할지 정할 수가 없었거든요. 화를 내도 되는지, 따져 물어야 하는지, 아니면 자초지종을 알기 전까지는 태연한 척해야 하는지…… 혼란스러웠어요. 할아버지 얘기를 꺼낼까, 만약 꺼낸다면 어떻게 어떤 식으로 할까, 머릿속이 복잡해졌죠.

"부탁할 게 있어서 왔어. 앉아도 될까?"

프랭크가 의자를 가리키며 말했어요. 난 고개를 끄덕였어요.

"하던 것 좀 정리하고 올게요."

방으로 들어가 작업중이던 다른 아이디와 자료들을 정리한 다음, 서랍을 열었어요. 거기엔 오랫동안 사용하지 않고 버려둔 초소형 녹음기가 들어 있었죠. 할아버지가 사라진 뒤에 내가 가장 먼저 구해놓은 물건이에요. 요즘 같은 세상에 누가 녹음기를 쓰냐고 하겠지만, 어쩌면 프랭크가 홀로그램 레코더를 잡아낼 수 있는 ARD(Anti-Recording Device) 같은 걸 가지고 왔을 수도 있고요. 녹음기라면 너무 구식이라 오히려 눈치 채지 못할 거라고 확신했죠. 주머니에 녹음기를 넣고서, 나는 접견실로 쓰는 거실로 나왔어요. 그렇게 기다리던 순간이라고 생각하니까 약간 떨리더라고요.

"무슨 일이죠?"

노트를 뒤적거리며 손님을 받을 때 으레 하는 질문을 던졌죠. 프랭크는 잠시 그런 날 물끄러미 바라보는 것 같았어요.

"신분증을 부탁하러 왔어."

"어떤 종류요?"

"DNA 블루프린트 타입."

"샘플은요?"

"여기."

프랭크는 엄지손톱만 한 컨테이너에 담긴 DNA 샘플을 탁자에 올려놓았어요. 투명한 상자 안에 든 에메랄드색 DNA는 언제나 보석처럼 예뻐 보이죠. 하지만 저 안에 누군가의 전부가 통째로 들어 있다고 생각하면 오싹해지기도 해요. 그 보석은 누군가의 유전자 지도이자, 과거와 현재와 미래를 결정하는 가능

성의 총합이며, 어쩌면 존재 그 자체일 수도 있죠. 존재의 압축
파일이랄까요? 내 손에 들어온 이상, 단지 하나의 신분증으로
변신하겠지만, 장기재생 회사에 들어가면 수많은 형태의 장기
로 생산될 거고, 안드로이드 제조사에 들어가면 생명연장용 휴
머노이드가 될 수도 있겠죠. 드물긴 하지만 요즘은 DNA 샘플
로 진짜 보석을 만들기도 하니까 누군가의 약혼반지가 될 가능
성도 배제할 수 없고요. 물론 용도를 알지 못하면 버려질 가능
성이 제일 크죠. 누군가의 전부가 들어 있다 하더라도 그걸 모
른다면, 알아도 풀어낼 기술과 방법이 없다면 버려질 뿐이에요.
쓸모없는 쓰레기일 뿐이죠.

"며칠 주실 수 있어요?"

"며칠이면 되겠나."

"뭐, 한 일주일?"

"사흘 안에 해줬으면 좋겠는데."

"그럼 급행료를 내셔야 해요."

"기꺼이. 얼마지?"

"원래 가격의 세 배."

프랭크는 UDC를 꺼내 수표를 출력하더니, 원래 금액의 세
배가 정확히 담긴 수표를 건넸어요.

"서명이 특이하네요."

"종종 듣지."

"그럼 수령은 어떻게?"

"수표에 있는 주소로 보내줘. 착불도 좋으니, 역시 급행으로."

"우편요금 정도는 저희가 부담해요."

"좋아. 그럼."

프랭크는 자리에서 일어났어요. 난 천천히 노트와 샘플을 챙기다가 마치 문득 생각났다는 듯이, 처음부터 묻고 싶었던 질문을 던졌죠.

"우리 할아버지, 어디 있는지 알아요?"

문을 향해 걷던 프랭크가 멈췄어요. 그는 그대로 잠시 뭔가를 생각하더니, 몸을 돌려 말했어요.

"너, 몇 살이지?"

……무슨 말을 하고 싶은 건지 잘 모르겠다고요? 인내심을 좀 발휘해보세요. 이제 거의 다 왔어요. 프랭크가 그렇게 사라지고 난 뒤, 그게 겨우 이틀 전이라니까요, 난 그날 저녁부터 바로 작업에 들어갔어요. 사실, 급행료는 원래 요금의 두 배인데 세 배로 불렀어요. 왜 그랬는지는 나도 잘 모르겠어요. 순간적으로 그렇게 말이 나와버린걸요. 소심한 복수일까요? 뭐, 그럴지도요.

아무튼 문제는 이제부터예요. DNA 샘플을 보기 시작했는데, 뭔가 느낌이 이상하더라고요. 오해하지는 마세요. 일할 때 기분이나 느낌에 영향 받는 타입은 아니니까요. 일을 하면 보통은 있던 감정도 사라지기 마련인데, 그날은 진짜 이상했어요. 그렇게밖에는 말할 수 없을 정도로요.

DNA를 해독할 때 할아버지가 즐겨 사용하던 소프트웨어는 '라이프북(Lifebook)'이에요. 다른 섀도브레이커들이 많이 쓰는

'터보DNA'나 '클리어G'에 비해 비싸고 비효율적인 데다 좀 느리기까지 하지만 장점도 있죠. 라이프북은 30억 개의 염기서열을 말 그대로 하나의 책으로 번역해줘요. 시작과 끝이 있는 한 권의 책으로요. 그래서 그 책을 다 읽으면 한 사람의 전부를 이해할 수 있어요. 아니, 이해가 가지 않는 부분도 있을 테니 다 안다곤 못하겠네요. 무슨 말인지 도저히 모르겠는 책도 있는 거니까요. 그것뿐인가요. 읽고 나서 동의할 수 없는 책도 있겠고, 읽다가 던져버리고 싶은 책도 있을 거고, 다 읽었는데도 너무 아쉬워서 자꾸 펼쳐보게 되는 책도 있겠죠. 어쨌든 그 안에 그 사람의 '전부'가 들어 있는 건 확실해요.

그래서 나도 라이프북으로 프랭크가 남기고 간 DNA를 변환해서 결과를 들여다봤어요. 이건 샘플이니까 그렇게 긴 책이 되지는 않을 거란 걸 알고 있었죠. 고대 문학용어로 하자면 일명 '단편소설' 길이쯤 될까. 소설 같은 거에 관심이 있으신진 모르겠지만, 그 사람이 어떤 사람인지는 문장의 길이나 단어 선택, 문단을 나누는 방식, 문체 같은 걸 살피면 대강 답이 나오죠. 신분증을 만들기 위해 내가 해야 할 일은 바로 그 단편소설을 길게 늘려 쓰는 거예요. 마치 그 사람이 쓴 것처럼.

DNA 블루프린트 타입은 그래서 위조하기 어려운 신분증이죠. DNA 샘플 속에 들어 있는 염기서열의 수가 1만 2천개 정도 되는데 그걸 최소한 3만 8천개까지는 늘려야 하니까요. 라이프북으로 작업을 한다고 가정하면 단편소설 한 편을 세 편 분량으로 늘리는 것과 같죠. 감이 올지 모르겠지만, 아무튼 쉽지 않은 일이에요. 할아버지가 이쪽 분야에서 인정받은 이유도 바로 이거였죠. 블루프린트 타입으로 카드 위에 DNA를 얇게 펴 바르는 손기술도 좋았지만, 샘플 속에 들어 있는 부족한 정보량을 가지고도 필요한 만큼의 재료를 정확히 만들어냈으니까요. 물론 터보DNA처럼 샘플 속에 들어 있는 염기서열의 패턴을 분석해서 유사DNA를 형성하는 식으로 할 수도 있죠. 클리어G도 패턴분석 알고리즘이 다르다고 광고하지만 결국 비슷한 프로세스고요. 하지만 내 생각에 이런 작업을 하기엔 라이프북만한 게 없어요. 기본적으로 신분증 위조에서 가장 중요한 건 IRR(ID Rejection Rate, ID 거부율, 신분증을 위조하여 각종 기기에서 사용할 때 이것을 가짜 신분증으로 인식해 거부될 확률) 수치인데, 할아버지가 작업한 블루프린트 타입들은 대개 IRR이 2퍼센트 이내로 나왔어요. 얼마나 대단한지 모르겠다고요? 아무 이상 없는 공식 신분증들, 이를테면 아저씨의 체이서 등록증 같은 것들도 IRR이 1퍼센트는 된다고요. 아니, 그렇다고 꺼내 보실 필요까지는 없어요. 할아버지표 신분증은 지문이나 홍채, 얼굴 모양 같은 바이오인식 기기에서는 1퍼센트 이하를 찍기도 하니까요. IRR 제로의 신분증을 만드는 건 모든 섀도브레이커들의 꿈이죠. 결코 이루어질 수 없는 꿈.

어쨌든, 다시 프랭크 얘기로 돌아갈게요. 번역된 DNA 샘플을 들여다봤는데 너무 이상했어요. 문장 단어 어미 형용사 부사 종결사…… 모두 낯이 익었죠. 어디서 봤을까? 한참 생각해봤어요. 문장의 길이, 단어의 배치, 이야기의 구조. 오 마이 갓! 그건 할아버지 DNA였어요. 할아버지가 위조한 DNA말고, 할아버지 자신의 DNA 말이에요. 물론 샘플이라 길이가 짧아 내용은 이야기의 시작인지 중간인지 끝인지 알 수 없었지만 난 느낄 수 있었죠. 이게 할아버지란 걸.

하지만 그게 다는 아니에요. 정확히 뭐라 콕 집어 말할 수는 없지만, 동시에 찜찜한 느낌도 들었거든요. 부족하다고 할까, 아니면 온도가 다르다고 해야 할까. 할아버지가 맞긴 맞는데 마치 시체를 만지는 기분이었어요. 뭔가 빠진 게 있는데…… 그게 뭐지……? 한참을 생각하다 집에 할아버지 칫솔을 잘 보관해놓고 있다는 사실이 떠올랐어요. 할아버진 치아세정기를 끼는 대신 늘 연필처럼 생긴 기다린 막대기를 칫솔이라고 부르며 그걸로 직접 이를 닦았거든요. 할아버지가 사라진 날 아침 내가 가장 먼저 한 일이 바로 그 칫솔을 무균 저장백에 넣어둔 거였어요. 지금 생각해도 정말 잘한 일이죠.

칫솔에 남아 있는 할아버지의 상피세포를 꺼내 또하나의 DNA 샘플을 만들었어요. 그러고 나니까 배가 고프기도 하고, 급한 마음을 잠시 쉬어가는 게 좋을 것 같아 부엌에서 통조림을 하나 데워 먹었죠. 치킨C 121 타입인데, 할아버지가 좋아해서 박스로 사다놨던 거예요. 아직도 잔뜩 남아서 버리지도 못하고 먹고 있다니까요. 그러고 나니까 어느새 밤이 됐고, 통합기상통제 시스템이 예고한 대로 비가 내리고 있었어요. 비 오는 밤의 작업이라. 그것도 할아버지의 샘플을 들고. 기분이 묘했죠.

두 샘플을 대조해보니, 둘의 문체는 거의 같았어요. 같은 작가의 다른 책을 읽는 것 같은 느낌이었죠. 하지만 100퍼센트 같다고 확신할 수는 없었어요. 내용이 잘 연결되지 않기도 했고, 무엇보다 자주 사용하는 단어에서 차이가 좀 났어요. 이럴 때는 디테일한 접근이 필요하죠. 난 DNA 비교분석기를 띄워놓고, 라이프북을 통해 프랭크의 샘플엔 있고 할아버지 것엔 없거나, 반대로 할아버지 것엔 있는데 샘플엔 없는 부분을 찾기 시작했어요. 수식어나 동사, 어미의 경우는 큰 차이를 만들어내지 않아요. 문제는 언제나 명사죠. 명사.

1만여 개의 염기서열들을 각각의 단어와 문장으로 번역했을 때, 두 DNA가 동일한 사람의 것이라면 이야기와 배열은 다를지라도 단어집합 자체는 완벽히 동일해야 해요. 이해가 되나요? 말하자면 같은 개수의 블록으로 집을 짓는 것과 같은 원리예요. 모양은 다를 수 있지만, 재료가 같기 때문에 모두 분해해서 비교해봤을 때는 재료의 개수와 모양이 일치해야 하죠. 어느 한쪽에 쓰이지 않은 재료가 있을 수도 있지만 그래도 그걸 아예 버릴 순 없어요. 그런 단어들의 경우 한군데에 쓰레기처럼 모여 있거나 중간중간 의미 없이 따로 떨어져 존재하죠.

그런데 검색 결과는 다소 의아했어요. 양쪽 모두 서로에게 없는 단어들을 가지고 있었으니까요. 각각에서 네 개의 다른 단어들이 발견된 거예요. 이 정도면 법원에서 프랭크가 건넨 샘플에 담긴 DNA는 할아버지 것이 아니라고 주장할 수 있는 정도의 비율이에요. 모든 것이 이토록 유사한데도 불구하고 말이에요.

> Sample 001 : 프랭크.
> Sample 002 : 할아버지 칫솔
> AND 검색 : 존재 I 부재
>
> Words List No.1
> Sample 001 존재 I Sample 002 부재
> 학교 수업 조퇴 벌
>
> Words List No.2
> Sample 001 부재 I Sample 002 존재
> 아이 제이 영혼 소돔

게다가 거기 내 이름이 빠져 있다니! 이건 결정적이죠. DNA 일치를 판정하는 가장 큰 기준 중 하나는 고유명사의 양과 질이 니까요. 보통 그 사람에게 중요한 의미를 갖는 사람일수록 그 고유명사가 DNA 내러티브 안에 자주 등장해요. 칫솔에 있던 할아버지의 DNA를 라이프북으로 옮긴 내용은 아예 나를 주인 공으로 한 판타지소설이에요. 그 책에서 내 이름은, 한마디로 최대빈출 단어라고요.

흥분을 가라앉히고 보니 그것 말고도 이상한 점은 또 있었어 요. 할아버지가 태어나고 자란 곳, 한 번도 벗어나본 적이 없는 '소돔'이 빠진 것도 그렇고, 할아버지의 전부나 다름없는 나를 지칭하는 '아이'라는 단어가 사라진 것도 이해할 수 없는 일이

었죠. 없어진 단어뿐만 아니라 새로 생겨난 단어도 그래요. 이를테면 '학교'라는 단어를 보세요. 소돔 사람답게 할아버진 평생 학교를 다녀본 적이 없는데, 웬 학교? 할아버지가 주로 사용하던 명사는 대개 일할 때 쓰는 거였어요. '장난감' '도구' '장비' '놀이' 같은 거요. 그런데 학교니 수업이니, 조퇴에다가 벌이라고요? 유일하게 나도 몰랐던 단어는 '영혼'이라는 거였어요. 그런 단어가 할아버지 DNA 안에 존재할 줄은 생각도 못 했거든요. 영혼…… 근데 정확히 영혼이란 게 뭐죠? 아저씬 알아요? 아 맞다 아저씬…….

　아무튼, 결론은 이거예요. 누군가 정교하게 할아버지의 DNA 구조를 바꿔버렸어요. 이게 정말 할아버지의 DNA가 맞다면 말이에요. 내 말이 이해되나요? 그러니까 우리 할아버지를 찾아주세요. 아니, 우리 할아버지에게 무슨 일이 일어났는지 알아야해요. 이게 진짜 할아버지의 DNA인지, 아니면 다른 누군가의 것인지 밝혀내야 한다고요. 느낌이 아주 좋지 않아요. 내 느낌은 틀린 적이 별로 없거든요. 그러니 우리 할아버지를, 아니 프랭크, 프랭크 C. 밀러를 찾아주세요. 어서요!

8

　그의 이야기를 모두 정리했을 때는 어느덧 자정을 넘긴 뒤였다. 갑작스레 두통이 몰려왔다. 시작하기 전에는 뭔가 맞춰질 것 같았던 조각들이 이제는 어그러져 형체를 알아볼 수 없는 덩어리로 남았다. 나는 자리에서 일어나 부엌 어딘가에 있을 진통제를 찾았다. 트렉시오닌(Treccionin). 이건 원래 인간들이 먹도록 제조된 약이지만 웃기게도 극소수의 안드로이드에게도 약효를 발휘한다. 트렉시오닌을 생산하는 제약회사는 물론 이를 공식적으로 부인하지만 속설에 의하면 이 약은 그들이 안드로이드용 진통제를 개발하는 과정에서 나온 부산물이라고 한다. 최종적으로 이 회사가 노리는 것은 안드로이드를 상대로 합법적인 약을 판매하는 것이다. 현재 안드로이드에게는 공식적으로 약을 팔 수 없다. 기계이기 때문에, 수리나 유지보수가 아닌 다른 방식으로 항상성을 유지하는 것은 불법이라는 얘기다. 빌어먹을. 인간들은 여전히 우리를 공장의 조립로봇이나 가정용 청소로봇과 같은 존재로 여기고 있다.

초록색 약을 삼키고 부엌 한쪽에 조그맣게 나 있는 창문을 열었다. 밤 열두시부터 두시 사이를 의미하는 보랏빛 조명이 지평선을 따라 가느다란 실처럼 퍼져나오고 있었다. 브이시티라는 이름답게 V대형으로 늘어선 빌딩들이 눈에 들어왔다. 한때는 하늘보다 더 빛나는 땅이었다는 이곳. 지구에서 가장 발달한 문명과 문화가 존재했었다는 이곳. 그러나 이제 이곳은 지구상에 마지막으로 남아 있는 유의미한 도시이자, 지옥으로 가는 마지막 플랫폼이다. 아니, 어쩌면 이미 지옥의 일부로 편입되었는지도 모른다. 호버크래프트들이 어지러이 날아다니는 보라색 지옥을 내려다보며 나는 UDC를 꺼냈다. 일정관리 프로그램이 내일은 파이널배틀이 있는 날임을 알려준다. 그러고 보니 판돈을 걸어둔 것이 벌써 한 달 전이다. 미친…… 그러나 내일이면 내가 또 거기 가 있으리라는 사실을 안다. 어쩔 수 없는 존재인 것이다.

문득 아까 그 애송이가 했던 말이 떠올랐다. 할아버지를 찾아주세요. 녀석의 말을 어디까지 믿어야 할까? 학교란, 조퇴란, 뭘 뜻하는 걸까. 그의 할아버지에게서 사라진 네 개의 DNA는 어디로 간 걸까. 누군가 교묘한 방식으로 바꿔치기를 했다면, 왜, 무엇 때문에? 소돔의 아이디 위조범에게 얻어낼 것은 그리 많지 않다. 그는 어디로 갔을까. 또 프랭크는 누구일까. 프랭크의 방문과 함께 노인이 사라진 것도 그렇지만, 프랭크가 DNA를 들고 다시 찾아온 것이 더 걸린다. 그는 왜 다시 녀석을 찾아온 걸까. 솜씨 좋은 새도브레이커라면 녀석이 아니더라도 시티 어디에서든 충분히 찾을 수 있었을 텐데. 애송이의 마지막 말이 자꾸만 귀에 맴돌았다.

영혼…… 근데 정확히 영혼이란 게 뭐죠? 아저씬 알아요? 아 맞다 아저씬…….

내가 알고 있는 영혼에 대해 생각하려는 순간, 궤도를 이탈해 사무실이 있는 빌딩 쪽으로 내려오는 검은색 호버 두 대가 눈에 들어왔다. 포드FX 타입 일인용 호버비히클. 미행이나 작전 수행 시 선수들이 가장 많이 사용하는 차종이다. 아주 잠깐이지만 라이트를 정확히 내가 서 있는 창문 쪽으로 비췄다가 곧바로 하강하는 모습이 보였다. 불길한 예감이 덮쳤다. 밖으로 나가야 한다. 지금. 예언자의 목소리가 들리는 듯했다. 나는 서둘러 이런저런 장비들을 챙긴 뒤 창문을 활짝 열고 사무실 불을 모두 켜놓은 채 밖으로 나갔다. 건물 밖으로 한번에 빠져나갈 수 있는 비상탈출용 통로 앞에 몸을 숨기고 있다가 누군가 정말 내 사무실로 찾아오면 몸을 피할 생각이었다.

숨을 죽여 생체반응을 최소화하고 벽에 붙어 침입자들을 기다린 지 얼마 되지 않아, 멀리서 엘리베이터가 열리는 소리와 함께 조심스러운 발소리들이 복도를 떠돌았다. 희미한 소리였지만 일행은 최소한 둘 이상이었다. 곧 발걸음 소리가 멎고 벨 누르는 소리가 들렸다. 그리고 이어지는 노크 소리. 우리 층에서 보안시스템이 고장난 곳은, 따라서 방문자라면 누구나 노크를 해야만 하는 곳은 내 사무실밖에 없다. 나는 고개를 아주 살짝 내밀어 복도 끝을 훔쳐보았다. 아니나다를까, 건장한 사내둘이 서 있는 곳은 바로 내 사무실 앞이었다. 쾅 하는 소리와 함께 그들이 레이저건으로 내 사무실 문을 박살낸 순간, 나는 뒤돌아 비상탈출용 통로 속으로 몸을 날렸다.

배틀플레이어

Battle Player

"장내에 계신 신사 숙녀 여러분, 드디어 오늘의 마지막 경기가 시작됩니다."

캐스터의 목소리가 스타디움에 울려퍼지기 시작했다.

"첫번째 WSL의 우승자를 가릴 자크와 루오손의 파이널 매치! 벌써부터 기대가 되는데요, 두 분의 해설위원께선 오늘 경기, 어떻게 보십니까."

"네, 통합정부 공식출범 이후 치러지는 첫번째 시합이라 저도 무척 흥분이 되네요. 일단 자크 선수에 대해 말씀드리자면 아시다시피 이 선수는 약점이 없는 선수예요. 닉네임이 우주최강 아닙니까? 게임의 운영 밸런스 전략 기술, 어느 하나 흠잡을 데가 없는 선숩니다. 군이 약점을 꼽자면 너무 오래 최고의 자리에 머물렀기 때문에 자만할 수 있다는 점이랄까요?"

"그렇다면 오늘 자크 선수가 상대하게 될 루오손 선수는 어떻습니까?"

"아 예, 루오손 선수는 말이죠, 상대적으로 신인에 속하는 선수예요, 예, 기록도 많지 않고요, 예, 폭군이라는 별명을 가진데서 알 수 있듯이 말이죠, 나이는 어리지만 밀어버릴 땐 아주 확실하게 밀어버리는 배짱을 가진 선수죠, 예, 최연소 배틀플레이어로 데뷔한 이래 무서운 기세로 정상의 자리까지 치고 올라온 신예니까, 아마 자크 선수도 부담이 많이 될 겁니다, 예."

"자, 그렇다면 두 선수의 전적을 볼까요. 자크 선수는 결승까지 한 번도 지지 않고 올라왔고요, 반면에 루오손 선수는 32강 리그전에서 패자전까지 갔다가 패자부활전을 통해 어렵게 올라왔습니다. 게임 스코어를 봐도 자크 선수는 3전 2선승제에서 상대방에게 승을 허용한 경기가 단 한 경기밖에 없어요. 반면에 루오손 선수는 매 경기마다 한 게임씩을 내주었네요. 한 게임 내주고 두 게임을 연속으로 이겨서 역전한 경기가 많다는 점이 특징적입니다."

"양 선수 모두가 4강에서 보여준 심리전이 정말 대단하지 않았습니까? 자크 선수는 비록 중간에 한 게임 내주기는 했지만 빈틈없는 전략을 들고 나왔었고요, 루오손 선수는 매 경기 수세에 몰렸지만 특유의 뚝심으로 어려운 게임을 이기고 왔으니까요."

"아 예, 사실 말이죠, 이 정도 클래스의 선수들에게 전적이란 의미가 없어요. 예, 오히려 당일의 컨디션과 그 밖의 여러 가지 사소한 요소들이 승패를 가르는 데 결정적일 수 있어요."

"맞습니다. 사실 두 선수 모두 기본적인 실력에서 큰 차이가 난다고 볼 수 없는 선수들 아닙니까? 오늘 경기, 실력보다는 누가 더 상대방의 심리를 꿰뚫고 있느냐에 달려 있다고 봅니다."

"좋습니다, 그럼 이제 시합을 지켜봐야겠죠! 바로 오늘 배틀의 새로운 역사가 쓰이는 순간입니다. 감탄사 말고 뭐가 더 필요하겠습니까! 드디어 두 선수가 무대에 등장하고 있습니다. 두 선수 모두 경기가 끝날 때까지 외로운 싸움을 치러야만 합니다. 둘 중 하나는 반드시 살아남을 겁니다. 자신이 최고라고 믿는 마음, 누구든 꺾을 수 있다는 바로 그 믿음이 중요한 겁니다."

저들은 언제나 시끄럽다. 중계가 직업이니 어쩔 수 없다지만, 떠들어대는 소리를 듣고 있노라면 머릿속에 들어 있던 생각들까지 모두 날아가버리는 기분이다. 이곳은 D구역에 있는 유나이티드 스타디움(United Stadium). 통합정부가 출범하기 전부터 배틀 경기가 벌어지던 곳이다. 원래 이름은 '양키'였다고 하는데, 정확한 의미를 아는 이는 없었다. 통합정부는 이런 식으로 수백 년간 불려온 이름들을 걷어내고 모조리 그 앞에 멋대가리 없는 '통합'이라는 단어를 붙였다. 그놈의 통합. 뭔가를 지나치게 강조하는 건 곧 그게 없다는 얘기다.

스타디움을 둘러보는데 목과 어깨 근처 근육 여기저기가 뭉

쳤는지 통증이 있다. 잠을 잘못 잔 모양이다. 따지고 보면 인간들이나 시달리던 통증을 안드로이드도 공유하게 되면서 모든 비극이 시작되었다. 고통이란 존재의 특권이자 천형(天刑)이다. 우리 입장에선 벽에 부딪혀도 아픈 줄 모르던 청소로봇일 때가 더 나았을지 모른다.

어제 사무실을 빠져나와 찾아간 곳은 E구역의 슬립박스 콤플렉스였다. 주로 사무실에 문제가 생겼거나 사건이 급박해지면 묵는 곳. 공간이 작고 불편하긴 해도 모듈화된 일인용 숙소로 이보다 나은 곳은 없다. 이 구역은 아마 A, B, C 구역에서 주로 활동하는 사람들에겐 굉장히 낯선 풍경일 것이다. 중형 호버크래프트만 한 직사각형의 박스가 이리저리 널리고 쌓여 있는 거대한 공터. 주차장으로나 가끔 사용되던 빈 땅의 주인들은 슬립박스 설치 이후 수입이 대폭 늘었다며 좋아했다. 곧 범죄자와 홈리스 들이 모여들면서 그 수입의 대부분이 벌금과 박스 수리비로 나가게 될 것을 그때는 예상치 못했을 것이다. 장기적으로 볼 때 여기는 건물이 올라가야 할 자리다. 조금이라도 나은 내일을 맞이하기 위해서. 뭐, 그런 게 존재한다면.

사무실을 습격한 사내들의 얼굴을 확인하지 못한 건 실수였다. 덫이라도 미리 쳐놨어야 했던 걸까. 그러기엔 시간이 너무 부족했다. 잡히지 않은 것만도 다행이었다. 하긴 실수라고 생각했던 것들이 오랜 시간이 지나면 오히려 전화위복이 되는 경우가 있다. 상대를 잡기 위해 만들어둔 덫이 종종 나를 잡는 덫이 되는 것처럼. 그러니 자책은 그만. 이미 일어난 일은 바꿀 수 없다. 나는 과거와의 접점에서 유의미한 일들을 연결지어보고, 이를 토대로 앞으로 일어날 일련의 사건들을 예상해본다. 꺼림칙하지만 정신병원을 빼놓을 수 없다. 어쩌면 이 모든 일의 중심에 그 병원이 있을지 모른다.

Jacques vs. Luoson

함성 소리가 들려 전광판을 올려다보니 두 선수의 이름과 이미지가 보였다. 익숙한 자크의 모습. 루오손이라는 선수는 처음 보는 얼굴이다. 하지만 상대가 누구든 그건 상관없다. 중요한 건 자크가 오늘 우승하는 것. 내가 건 돈의 두 배를 되돌려받는 것. 그래서 이 빌어먹을 망막박리를 고치는 것…… 나는 다시 전광판에 잡힌 자크의 얼굴을 바라보았다. 자크, 너에게 달려 있다. 넌 할 수 있어. 아니, 해야 해. 반드시.

자크가 처음 등장했을 때 배틀계는 한동안 말 그대로 충격과 공포에 휩싸였다. 몇몇은 그를 '대형 신인' '초특급 루키' 같은 빤하디빤한 수사로 부르기도 했지만, 실은 그를 어떠한 이름으로도 부를 수 없으리란 걸 누구나 직감했다. 말하자면 그는 배틀의 새로운 차원을 연 플레이어였다. 실력 있는 선수는 게임의 룰을 잘 활용하고, 훌륭한 선수는 그 룰을 위반하지만, 위대한 선수는 게임 그 자체를 다른 차원으로 데려다놓는다. 아름다움이라든가 숭고함이라든가 하는 일종의 현현(顯現)이 일어나는 순간으로. 누군가는 자크의 경기를 통해 인체의 아름다움을 발견했고, 누군가는 우주의 진리에 한 발 다가섰으며, 누군가는 자신이 살아 있음을 깨달았다. 그것은 여타의 선수들이 선사하는 오락이나 즐거움과는 전혀 다른 종류의 것이었다. 그의 경기를 통해 사람들은 또다른 세계의 일부를 엿보는 황홀을 경험했다. 이전까지 단 한 번도 느껴보지 못한, 영원 같은 어떤 순간을. 시스템 속에서 자크는 신과 같았다. 그는 마치 그 세계를 창조한 사람처럼 시스템의 모든 것을 제어하고 통제하고 움직였다. 그가 수비를 하면 온 세계가 수비를 했고, 그가 병력을 움직여 공격을 시작하면 온 우주가 상대를 공격했다. 그러니 어느 누구도 그를 이길 수 없었다. 적지 않은 수의 관중이 승패 때문이 아니라 자크가 선사하는 엑스터시를 맛보기 위해 그의 경기를 관람했다.

그러나 안타깝게도 나는 그러한 에피파니의 순간을 느껴본 적은 없었다. 안드로이드라선지, 아니면 다른 이유가 있는지는 모르겠지만, 어쨌든 자크의 경기가 모든 사람에게 세계의 반대편을 보여주는 것은 아닌 모양이었다. 내가 자크에게 매혹된 것은 다른 이유에서였다. 그건 바로 그가 안드로이드처럼 보였기 때문이다. 전문가들이 자크의 가장 큰 특징이자 장점으로 꼽는 것은 그가 보여주는 극한의 절제력과 인내력, 그리고 초인적인 냉정함과 침착함이었다. 극도의 긴장과 고통을 수반하는 경기 중이면 대부분의 선수는 물론이고 특A급 게이머들조차 자제력을 잃거나 평정심이 깨지게 마련이었다. 설사 승리를 거머쥐더라도 게임이 끝나는 그 순간까지 처음과 다름없는 평온함을 유지하기란 거의 불가능했다. 그러나 자크는 달랐다. 심지어 그는 표정 하나 변하지 않고 경기를 마치곤 했다. 무표정은 그의 트레이드마크였다. 오죽하면 자크는 잘 만든 배틀전용 안드로이드라는 설이 떠돌 지경이었다. 나는 초창기 안드로이드를 떠올리게 하는 그의 무표정과 차가움이 좋았다. 안드로이드인 나보다 더 안드로이드 같은 그를 보며 나는 형용할 수 없는 종류의 위안을 얻었다. 배틀 경기장에 갈 때마다 승승장구하는 그에게 작지만 조금씩 돈을 걸기 시작했고, 그는 한 번도 실망시키지 않고 두세 배가 넘는 돈으로 내게 보상해주었다. 오늘 경기만 이긴다면 그가 내게 벌어다줄 돈은 십만 달러가 된다. 어쩌면 그 돈으로 나는 다른 의미의 에피파니를 경험하게 될지도 모른다. 문자 그대로 눈앞에 다른 세계가 열리는 것이다. 이 모든 게 자크의 손끝에 달렸다.

"자, 이제 선수들이 각자의 자리로 걸어 들어가는데요."

다시 아나운서의 목소리가 시끄럽게 울려퍼졌다. 스타디움이 들끓기 시작했다. 나는 몸을 조금 앞으로 숙여 경기장을 가득 메운 인파를 둘러보았다. 맨 아래 투명한 유리 돔으로 덮인 VIP석을 제외하곤 대부분 소돔에서 흔히 볼 수 있는 부류의 존재들이었다. 인조 눈, 인조 팔, 인조 다리가 어색하지 않은 인간들. 폐기 직전의 안드로이드들. 한탕을 노리는 도박꾼들과 이도 저도 아닌 잉여 존재들. 삶의 낙이라고는 일주일에 한 번 이 스타디움에 오는 것이 전부인 권태로운 자들이거나, 자신들의 주급을 여기에 다 쏟아붓고도 헤어나오지 못하는 미련한 자들이었다. 물론 너 역시 그들 중 하나가 아니냐고 묻는다면 난 기꺼이 고개를 끄덕이겠다. 하지만 나는 내가 어떤 존재든 개의치않는다. 이 순간만큼은 스타디움에 앉아 있는 누구라도 그럴 것이다. 존재 따위는 어찌되든 관심 없다. 오늘 돈을 따가기만 한다면.

현행법상 배틀은 불법이 아니었다. 경기 자체와 중계는 물론, 관련 산업 및 단체까지 모두 합법이었다. 그러나 경기 결과에 돈을 거는 순간부터는 모든 것이 불법이었다. 나로서는 이 부분이 가장 골 때리는 대목이었다. 아니, 그러면 스카이워크(말을 타고 '스카이워크'라 불리는 공중부양 도로를 따라 오가며 공을 정해진 홀에 넣는 운동. A와 C 구역의 소수 부유층만이 이것을 보고 즐길 수 있다)처럼 황금색 공이 홀에 들어갈 때마다 우아하게 박수나 치고 있으란 말인가? 배틀을 순수한 여흥, 순전한 스포츠로 즐길 수 있는 사람들은 이미 VIP룸에 들어가 있다. 그들로 충분하다. VIP와 나머지를 분리해놓은 것은 단순히 그들이 돈이 더 많고 돈을 더 냈기 때문이 아니다. 그건 링 안과 링 바깥의 차이만큼이나 명백했다. 그들과 우리는 결코 같은 경기를 보는 게 아니다. 그들이 하고 있는 것이 구경이라면, 우리는 선수들과 함께 싸우고 있다. 오늘 경기가 끝나면 어떤 이는 큰돈을 벌고, 어떤 이는 자신의 판단이나 누군가의 조언을 저주하면서 파탄으로 한 발짝 더 다가갈 것이다. 몇몇은 싸우거나 자살하고, 몇몇은 어두운 곳에 모여 질펀하고 음란한 파티를 벌일 것이다. 돈이 모인 곳에서는 배당금을 둘러싼 비열하고 비정한 싸움이 일어날 것이다. 그런 의미에서 게임의 주인공은 두 젊은이가 아니다. 우리 모두는 싸우고 있다. 거대한 스타디움에서 실제로 경기가 일어나지 않는 곳은 오직 저 작고 투명한 VIP룸뿐이다.

오늘 내가 건 돈은 오만 달러. 구경이나 하러 온 초짜들에 비하면 많지만, 진지하게 돈을 거는 대다수의 관객을 기준으로 보면 평균이다. 나 역시 이 돈을 걸기까지의 과정이 결코 쉽진 않았다. 다시 오만 달러를 벌려면 얼마만큼의 시간과 사건이 필요할까. 그런 생각을 하면 이런 짓은 할 수 없다. 아니, 어쩌면 나는 그 시간과 노력을 가늠할 수 없기에 여기에 오만 달러를 거는 걸지도 모른다. 빌어먹을 망막박리. 저주라고 불러도 좋을 그 병은 우리에겐 통과의례처럼 주어진다. 수술을 받기 위해 필요한 돈은 십만 달러. 이제 겨우 오만 달러를 모았는데, 다시 또 그만큼을 모아 수술을 받는다? 그럴 바엔 차라리 미친 베팅을 하는 편이 낫다. 가늠할 수 없는 시간과 노력 대신, 나는 확률 50퍼센트의 가능성에 내 거의 전부를 건다. 십만 달러. 더도 말고 덜도 말고 딱 그만큼이다. 내게 필요한 돈은.

자크가 이 경기를 이기면 서드티어(third tier)인 내게는 두 배의 배당금이 떨어진다. 서드티어는 넣은 만큼 돌려받는다. 티어를 올리려면 역시 돈이 필요하다. 서드티어는 따로 참가비를 내지 않고 베팅하는 사람들이 자동으로 속하는, 베팅의 맨 아래 서열이다. 다섯 배를 돌려받는 세컨드티어로 올라가려면 판돈 말고도 오만 달러를 더 내야 한다. 퍼스트티어로 올라가면 배당금의 스무 배를 돌려받는데, 업그레이드 비용은 십오만 달러다. 나로서는 불가능한 액수다.

내가 아는 한 퍼스트티어에는 자크 덕분에 인생을 바꾼 인간들이 몇 있다. 그들에겐 자크가 구세주나 다름없었다. 그러고 보니 자크로 인해 패가망신한 사람은 본 적이 없다. 그럴 수밖에. 자크는 진 적이 없으니까. 그는 신이니까. 신이어야 하니까. 오늘 밤도.

마침내 게임이 시작된다.

루오손이 먼저 왼쪽 머신 안으로 들어가고, 경험 많은 자크는 스타디움에 모인 팬들을 한번 슥 훑어본 뒤 오른쪽 머신으로 들어간다. 두 선수가 각각 팔과 다리를 머신에 고정하자 곧 투명한 엑소스켈레톤(exoskeleton, 일종의 외부골격으로, 생각만으로 다양한 명령을 내릴 수 있게 해주는 장치)이 내려와 팔과 다리를 덮는다. 원형의 머신이 각도를 움직여 그들의 팔과 다리 위치를 조정한다. 선수들은 눈을 감고 있다. 이제 전신의 신경이 머신과 연결되고, 연결이 끝나면 스크린 위에 그들의 정신을 대지로 삼는 전장이 펼쳐질 것이다. 그들의 의지는 군사가 되고, 뇌파와 신경은 명령을 내리는 장교와 그에 복종하는 사병이 되어 세상에 다시없을 마지막 전투를 펼칠 것이다. 명성도 전적도 심지어는 실력이나 기세도 중요치 않다. 오직 하나, 더 강한 자가 이길 것이다. 저들은 상대와 싸우는 게 아니다. 자신과 싸우는 것이다. 두려움을 극복한 자만이 승리를 거머쥘 것이다. 포기하지 않는 자만이 이길 것이다. 누구도 눈여겨보지 않을 어느 찰나에 이 모든 것이 결정된다. 무게추가 넘어가는 순간, 승패는 갈린다.

"말씀드리는 순간, 경기가 시작되었습니다."

"스타팅포인트를 좀 볼까요?"

"예, 자크 선수, 열두시 방향이고요, 예, 루오손 선수는 반대쪽 여섯시 방향이네요."

"스타팅포인트, 두 분 해설위원께서는 어떻게 보십니까."

"글쎄요. 워낙에 쟁쟁한 선수들이라 스타팅포인트에 크게 구애를 받는다고는 할 수 없겠지만…… 역시 뭐랄까요. 이 포세이돈 템플맵에서는 선수들이 보통 열두시 방향을 선호하는 편이라고 할 수 있습니다. 자원 채취도 용이하고, 병력 배치하기에 지형도 좋고요."

"예, 저는 상대 전적을 통해 좀 말씀을 드리겠는데요, 예, 먼저 자크 선수의 경우 포세이돈 템플에서 열두시 스타팅포인트로 시작한 경우에 승률이 87.5퍼센트에요. 예, 여덟 번 나와서 일곱 번 이겼고요. 루오손 선수는 자료가 좀 부족하긴 하지만, 예, 두 번 나와서 한 번은 이기고 한 번은 졌습니다. 전적상으로는 자크 선수가 훨씬 유리한 고지를 점하고 있는 것이나 다름없다, 뭐 이렇게 말씀을 드리고 싶네요, 예."

"아, 방금 첫번째 신호가 잡혔습니다. 자크 선수군요! 장내에 계신 신사 숙녀 여러분께서는 지금 즉시 응원하는 선수의 채널에 UDC를 접속하시기 바랍니다."

인류의 기억 너머 선사시대에 레오나르도 다빈치라는 괴짜가 살았다. 그는 다방면에 걸쳐 엉뚱한 실험을 많이 했는데, 그중 가장 대표적인 것이 '안드로이드의 초상'으로 알려진 안드로이드 그림이었다. 원형의 구조 안에 양팔과 양다리를 벌리고 서 있는 고대 안드로이드의 모습은, 비록 설계도에 불과했지만 그가 실제로 안드로이드를 제작하고 있지 않았나 의구심이 들 정도로 정교한 제조법을 포함하고 있었다. 불과 백 년 전까지, 그러니까 그 괴짜가 설계도를 남긴 후 천 년 동안 사람들은 그것을 〈인체비례도〉라는 이름으로 불렀다. 물론 그 당시엔 그가 따로 숨겨놓았던 설계도면을 발견하지 못해서이기도 했겠지만, 그래도 그 그림을 그렇게 이해한 것은 명백한 상상력 부족이었다. 인간은 자신들의 과학기술 수준이 닿지 못한 것들에 대해 늘 부정적이었다. 누군가 어떤 가능성을 이야기하면 다만 그것이 '지금 현재의 기술로는' 실현할 수 없다는 이유만으로 으레 '불가능'이라는 단어를 썼다. 무지한 자의 교만은 아는 자의 그것보다 훨씬 더 위험하다. 인간들은 늘 무지하면서 교만했고, 보잘것없으면서 오만했다. 그게 그들의 본질이다.

어쨌든 금번 세기에 들어 레오나르도 다빈치의 예언적 설계도가 다시 각광을 받게 된 것은 우연이었다. 냉동된 유라시아 대륙 한구석에서 채굴작업을 하던 탐사선에 의해 그가 따로 숨겨놓았던 세부 설계도가 발견된 것이다. 다만 출처가 분명치 않아 조작이나 장물이 아닌가 하는 의심을 받기도 했는데, 이후 조직된 진상규명위원회에서 내린 결론은 적어도 위작이나 조작은 아니라는 것이었다. 당연한 수순대로 설계도는 경매를 통해 어느 회사에 비싼 값에 팔렸는데, 재미있는 점은 그 그림을 구입한 곳이 안드로이드 제조사가 아니라 게임 제작사라는 사실이다. '비트루비우스(Vitruvius)'라는 이름의 그 게임 제작사는 다빈치의 설계도를 토대로 안드로이드가 아닌 멀티플레이어용 가상현실 전투시스템(VRBSMP, Vitual Reality Battle System for Multi-Players)을 만들었고, 이를 줄여 '배틀'이라고 이름 붙였다.

시장에 출시되자마자 배틀의 인기는 상상을 초월했다. 처음에는 직접 체험하고 즐기는 경험형 게임이었지만, 시간이 지날수록 재능 있는 프로 선수들이 펼치는 경기를 지켜보는 관람형 게임이 되어갔다. 거대기업들을 스폰서로 하는 프로리그가 기획되었고, 역시 거액의 연봉을 받는 선수들이 생겨났다. 아마추어리그에서 이름을 날리던 선수들이 잭팟 수준의 연봉계약을 터뜨리며 속속 프로리그에 입성했다.

자크로 대표되는 2세대 선수들이 등장한 것은 그로부터 몇 년 후의 일이었다. 아마추어 태를 완전히 벗지는 못했던 1세대 선수들과 달리, 2세대 선수들은 비교할 수 없는 경기력을 선보이며 빠르게 세대교체를 해나갔다. 그와 함께 스타디움이 정비되고 룰이 개선되고 머신이 업그레이드되면서, 배틀은 명실공히 통합정부의 대표적인 스포츠로 자리잡았다. 물론 나 같은 이들이 꾸준히 참여해온 불법 베팅이 그 토대가 되었음은 누구나 알고 있다. 일단 돈이 몰리면 그게 뭐든 유명해진다. 사람이나 안드로이드나 회사나 정부나 게임이나, 다 똑같다.

나는 아나운서의 말대로 UDC를 꺼내 자크의 채널에 맞춘다. 배틀 관람에서 빼놓을 수 없는 묘미가 바로 이것이다. 자신이 응원하는 선수의 내면을 읽을 수 있다는 점. 선수의 모든 신경이 머신과 연결되어 있어서 관중은 선수가 하는 생각을 문자 그대로 '읽을 수' 있다. 물론 화장실에 가고 싶다거나, 스타디움의 조명이 너무 밝다거나, 욱하는 성격에 터져나오는 욕설까지 그대로 출력되지는 않는다. 협회측에서 기본적인 스크리닝을 하고, 경기에 관련된 내용만 관람객에게 다시 전송하는 식이다. 따라서 선수가 생각하는 순간과 관객의 UDC에 출력되는 순간 사이에는 몇 초의 간극이 있다. 입력과 출력 사이에 그만큼의 빈 공간이 생긴다는 얘기다. 나는 협회의 라인을 우회하여 자크의 입출력 채널로 직접 접근하는 방식의 해킹을 통해 자크의 생각을 가감·없이 받아보기로 한다. 자크의 경기 때면 늘 하는 일이다. 이게 내가 자크에 대해 남들보다 조금은 더 알고 있다고 생각하는 이유기도 하다.

나는 이긴다 나는 이긴다 나는 이긴다 나는 이긴다 나는 이긴다
나는 이긴다 나는 이긴다 나는 이긴다 나는 이긴다 나는 이긴다
나는 이긴다 나는 이긴다 나는 이긴다 나는 이긴다 나는 이긴다

처음 들어오는 자크의 생각은 역시 자신만만하다. 어차피 컨트롤이 많지 않은 초반에는 생각할 여유가 많다. 일반적인 선수라면 잠시 딴생각을 하거나 집중력이 흐트러지기 쉬운 시간. 자크는 마인드컨트롤을 하고 있다.

스타팅포인트 열두시
적은 세시, 여섯시, 아홉시 중에 있다
정찰은 여섯시 먼저

예상대로 자크는 가장 먼 여섯시로 정찰기를 보낸다. 가까운 쪽부터 돌아봐도 되지만 최악의 경우는 적이 가장 먼 곳에 있어 정찰이 너무 늦게 이루어질 경우다. 세시나 아홉시가 아니라 여섯시로 정찰을 보낸 자크의 선택은 합리적이다. 어차피 경기는 이기거나 진다. 이길 확률을 높이기 위해서는 질 확률을 줄이면 된다. 게다가 자크를 제외한 모두는 상대가 여섯시에 있다는 걸 안다. 운명의 여신조차 자크 편이다.

"말씀드리는 순간, 드디어 첫 교전이 시작됩니다!"

"왼쪽, 왼쪽, 세시 부근 평원에서 두 선수의 병력이 만났는데요."

"아 예, 자크 선수의 탱크가 먼저 자리를 잡았고요, 예, 보병들이 공격을 위해 방사형으로 퍼져나가고 있습니다."

"반면에 루오손 선수의 로봇 부대는 어떤가요?"

"일단 전투대형을 갖추고 있는 모습이고요, 아토믹 캐논을 중심으로 리퍼유닛(작은 공격형 유닛)들을 컨트롤하고 있네요."

"아, 신경전이 치열한데요. 양쪽 모두 원거리공격에 치중하면서 소수 유닛들을 잃지 않으려는 모습이 보입니다."

게임의 룰은 간단하다. 적이 가지고 있는 크리스털을 파괴하면 이긴다. 다만 그러기 위해 병력을 생산해야 하고, 생산을 위해 자원을 채취해야 한다. 배틀이 완성형 게임이라는 이름으로 불리는 이유는 자원의 효과적인 채취와 분배, 최적화된 빌드오더에 따른 기지 건설, 병력의 효율적인 생산과 운용, 전략적인 전투와 유닛 컨트롤 등, 거의 모든 분야에 걸쳐 동시다발적으로 능력을 발휘해야만 승자가 될 수 있기 때문이다. 배틀의 논리는 그들이 이제껏 이 행성 위에서 행했던 무수한 전쟁들의 논리와 조금도 다를 바 없다. 인간의 논리란 거기서 거기니까. 그들의 역사만 들여다봐도 쉽게 알 수 있다. 결국 그 논리가 한때 푸른 별이었다던 축복받은 땅을 이렇게 만들어놓았지만.

위로, 위로, 옆으로, 아홉시 방향
보병 진격
탱크 부대 대기
전투기 생산 시작

전투가 치열해지면 생각은 단순해진다. 스크리닝이 심해지는 게 아니라 실제로 그렇다. 몰입이 어느 순간에 이르면 그때부터 몸은 시키지 않아도 움직인다. 끝없는 연습이 중요한 이유다. 상황 판단은 두뇌활동이 아니라 반사적인 반응에 가깝다. 선수들이 연습을 하는 이유는 상황 판단하는 능력을 키우기 위해서가 아니라 그 상황 판단을 하나의 근육처럼 자신의 몸에 장착하기 위해서다. 그런 의미에서 실력은 하나의 습관이다. 이기는 습관을 가진 사람이 이긴다.

첫번째 게임의 승패는 아주 작은 균열에서 비롯됐다. 루오손이 뒤로 빼놓은 병력 일부를 자크의 정찰기가 우연히 발견한 것이다. 아나운서와 해설자들에 의해 이 우연은 별것 아닌 것처럼 다뤄졌지만 이 작은 우연이 초래한 결과는 몇십 분이 지난 후에야 비로소 명확해졌다. 루오손의 야심찬 후방 우회공격이 간발의 차로 자크의 예측 수비에 막히고 만 것이다. 살얼음처럼 유지되던 균형이 깨지는 순간, 게임은 어느 한쪽으로 기울어진다. 자크는 이를 놓치지 않고 승패의 추를 자신 쪽으로 더 당겼다. 흩어져 있던 각 병력 부대를 호출하여 맹공을 퍼붓는 자크의 명령들이 UDC에 출력됐다. 몇 분 후 자크는 어렵지 않게 루오손의 크리스털을 빼앗았다. 화면 속 루오손 진영에서 항복을 뜻하는 흰색 깃발이 올라오자 스타디움은 일순간 열광의 도가니로 변했다. 양손을 번쩍 들고 괴성을 지르고 있는, 안드로이드가 분명해 보이는 양옆 사내들에게서 역겨운 땀내가 진동했다. 가까운 안드로이드센터에서 항상성 유지용 온도센서를 점검해보라고 충고해주고 싶을 정도였다. 저들은 오늘 경기에 얼마를 걸었을까. 만? 이만? 십만?

곧이어 다음 세트가 진행됐다. 첫 두 경기를 치른 다음에야 선수들은 잠깐 동안의 휴식 시간을 가질 수 있기 때문에, 1경기와 2경기는 거의 연속해서 진행됐다. 같은 맵에서 치러진 두번째 경기에서 자크는 예상 외의 빌드오더를 꺼내들었다. 차분히 병력을 생산한 뒤 장기전으로 갈 것이라는 해설자들의 예상과 달리 기습공격 카드를 던진 것이다. 반대로 루오손은 장기전을 대비하여 병력 생산보다는 자원 채취와 기지 건설에 주력하고 있었기 때문에 상대적으로 빠른 초반 공격에 취약한 상태였다.

"아, 지금 자크 선수의 병력이 자신의 진영을 떠나고 있는데요."

"예, 루오손 선수, 예, 이거 지금 막아야 합니다, 기지 짓고 있을 때가 아네요 지금!"

"아아, 자크 선수의 병력이 점점 가까워지고 있습니다. 루오손 선수, 이 위기를 잘 넘겨야 합니다!"

스크린에서는 자크의 보병 일부와 민첩한 기계 유닛들이 루오손의 본진 쪽으로 이동하고 있다. 어느 순간부터 UDC에 나타나는 자크의 명령어들은 오직 방향만을 지시하고 있다. **위, 아래, 오른쪽, 오른쪽, 왼쪽, 다시 위.** 나는 고개를 들어 스크린이 아닌 자크 쪽을 바라본다. 자크는 두 팔을 부드럽게 움직여 병력들을 지휘하고 있다. 그 움직임은 물이 흐르는 것처럼, 여체를 만지는 것처럼 섬세하고 우아하다. 나는 자크의 두 손을 보며 '아름답다'라고 불리는 인간의 형용사를 떠올린다. 머릿속에서 단어의 뜻과 용례가 출력되지만, 정작 거기 '아름다움'은 없다. 대신 나는 지금 이 순간 아름다움을 소유한 한 남자를 본다. 갑자기 귀가 떨어져나갈 듯한 함성과 함께 주위 관중이 양손을 번쩍 치켜든다. 아름다움이 깃들어 있던 자크의 두 손이 주먹을 꽉 쥔다. 그 자신이 아름다움이 되는 순간이다.

두번째 경기 후에 십여 분간의 휴식 시간이 주어졌다. 땀내를 풍기던 주위 안드로이드들이 일제히 일어나 어딘가로 향했다. 관중이 빠져나가자 비로소 앉아 있기가 좀 편해졌다. 무대에서는 자크가 머신에서 나와 손을 흔들었고, 루오손 역시 머신에서 내려와 바로 앞 대기 의자에 앉아 눈을 감은 채 고개를 떨어뜨렸다. 코치로 보이는 사람이 올라가 루오손에게 무슨 말인가를 건넸다.

　전광판에서는 계속해서 광고가 흘러나왔다. Can I walk with you? 낯익은 케이티 윤의 얼굴. 이곳에서 그녀를 보니 기분이 묘했다. 초록색 포플러 나무가 줄지어 서 있는 길을 따라 걸어가는 그녀의 갈색머리 사이로 여름 햇살이 폭포처럼 쏟아졌다. 몇 번을 봐도 질리지 않는 판타지. 영원한 동경의 대상. 끝내 닿을 수 없는…… 그녀가 사라지고, 다른 광고들이 계속 뒤를 잇기 시작하고서야 나는 그녀와 애슐리와 그녀들의 고양이의 안부에 대해 생각했다.

　허울 좋은 톱스타의 화려함 뒤에서 플레저 토이로 살아가는 안드로이드의 일생이란 무슨 의미일까. 로봇 고양이를 만들어 그 두근거리는 심장을, 낯선 온기를 느끼는 애슐리의 창조는 무엇을 본뜬 걸까. 애초부터 그들은 자신들에게 부여된 것 이상을 원했다. 허나 내 생각은 거기서 멈춘다. 나 역시 그들과 다를 바 없기 때문이다. 가질 수 없는 것을 원하고, 잡을 수 없는 것을 쫓는 존재. 혹은 그런 운명. 화면 속 케이티 윤이 한순간에 사라진다.*

스폰서들의 광고 시간이 끝나자 무대 위가 분주해졌다. 잠시 사라졌던 자크가 돌아와 코치진과 이야기를 나누고, 루오손은 그 자세 그대로 고개를 숙인 채 앉아 있었다. 진행요원들이 선수들을 다시 머신으로 안내했고, 그사이 중계 카메라는 경기장 곳곳의 모습을 돌아가며 비췄다. 주로 응원 문구가 적힌 LED 패널들이나 특이한 복장의 관중을 잡아주었는데, 그 중 "나를 백만장자로 만들어줘서 고마워, 자크"라는 문구가 가장 큰 박수를 받았다. 정말 그렇게 될지는 잠시 후면 알게 될 터였다.

사내를 본 것은 그때였다.

카메라가 투명한 VIP석을 잡았을 때였다. 검은 선글라스에 검은 옷을 입은 사내. 애송이의 말대로 사내는 금색과 은색의 다양한 장신구를 걸치고 있었다. 인간들이 흔히 하는 표현을 빌리자면 나는 '직감으로' 그 사내가 프랭크임을 알았다. 하지만 그가 왜, 여기?

곧 화면이 바뀌고 카메라가 다시 다른 곳을 잡기 시작했지만, 나는 VIP석을 좀더 가까이서 내려다볼 수 있는 쪽으로 인파를 헤치며 나아갔다. 마침내 2층 난간에 이르러 아래를 보았을 때, 사내는 무대를 바라보며 마치 지시를 내리듯이 이런저런 손짓을 하고 있었다. 사내의 시선을 따라 무대를 쳐다보니, 루오손

---

* 케이티 윤과 애슐리, 그리고 그들의 캣돌에 관한 자세한 사건기록은 「크라이 펫」이라는 파일명으로 통합정부 범죄수사기록물 보관실에서 검색 및 열람이 가능하다. 애초에는 '크라이, 펫'이라는 제목으로 작성되었으나, 통합을 저해하고 우울을 조장하는 제목이라는 이유로 심사관에 의해 쉼표가 빠진 채 등록되었다.

이 고개를 들고 사내 쪽을 바라보고 있었다. 우연이라기엔 뭔가 석연찮았다.

"자, 이제 마지막 경기만을 남겨놓고 있습니다."

스타디움 곳곳을 훑던 카메라가 해설자와 캐스터가 앉아 있는 메인 부스 쪽으로 돌아왔다.

"예상대로 자크 선수의 일방적인 우세로 진행되고 있는데요, 남은 경기 어떻게 보십니까."

"예, 뭐 제가 볼 땐 말이죠, 루오손 선수가 한 게임 정도는 만회할 수 있을지도 모르지만, 예, 뭐랄까, 전체적인 게임의 흐름을 바꾸기는 힘들지 않을까 싶은데요, 예."

"제가 볼 땐 현실적으로 한 게임도 따내기 어려울 것 같습니다. 루오손 선수도 결승까지 올라오면서 뛰어난 기량을 보여줬지만, 배틀의 창조자로 불리는 자크 선수의 기량에는 아직 못 미친다고 보겠습니다. 움직임 하나하나가 숨 막히게 완벽해요."

마침내 스크린에 경기 준비 화면이 뜨자 스타디움이 시끄러워졌다. 관중은 이제 곧 자크가 자신들에게 벌어다줄 돈에 대한 기대 때문인지 가만있질 못했다. 옆에 앉은 안드로이드들이 하도 들썩이는 통에 나는 여러 번 자리를 옮긴 뒤에야 겨우 좀 한적한 곳에 앉을 수 있었다.

게임이 시작되었다.

이번 맵은 므깃도의 산. 해설자가 자크의 전적을 시끄럽게 읊어댔다. 17전 16승 1무. 그나마 한 차례의 무승부는 기계 고장으로 경기가 중단된 경우였다. 루오손은 이 맵에서 전적이 없었다. 나는 스크린에서 벌어지는 경기 상황과 UDC에 출력되는 자크의 내면을 번갈아가며 유심히 살폈다. 시작은 평탄했다. 둘다 초반의 전략적인 움직임은 보이지 않았다. 자크가 평소와는 다르게 딴생각을 하기 시작했다.

역겨운 것들. 한껏 추켜올리다가도 언제든 망설임 없이 밀어 떨어뜨릴 인간들. 내가 이기고 나면 또 찾아와 배당금을 찾아가겠지……

배당금? 자신을 찾아온다? 그러고 보니 얼마 전부터 몇몇 해설자들이 불법 베팅 사이트와 관련이 있다는 소문이 돌았다. 주로 무명 선수들의 경기에 큰돈을 걸어 판돈을 싹쓸이하는 식이었다. 그 과정에서 승부 조작이 있고 여기에 해설자들이 깊이 개입되어 있다는 루머였다. 나는 자크가 구체적으로 그들의 이름까지 생각해주기를 바랐지만, 그의 생각은 거기서 멈춘 뒤 다시 게임으로 돌아갔다. 이후 평이한 자원 채취, 부대 설정 및 병력 생산이 이어졌다. 앞선 두 경기에 비하면 긴장감이 다소 떨어지는 게임 운용이었다.

그때 루오손이 공격을 시작했다. 자크는 수비에 치중하며 역습을 노렸지만, 이번에는 루오손의 기세가 만만치 않았다. 그는 지하, 지상, 공중 공격유닛을 총동원해 다각도로 자크의 진영을 습격했다. 그러나 자크는 빛나는 공격력뿐만 아니라 신들린 수비로도 유명한 선수였다. 그는 관중석에서 연신 탄성이 새어나올 정도로 루오손의 파상공세를 잘 막아내고 있었다. 극적 재미를 위해 의도적으로 수비만을 고집하는 게 아닐까 의심스러울 정도였다.

제1진영, 후퇴

제2진영, 전진 및 재배치

왼쪽. 후방. 오른쪽 전진. 공격

다시 실드 모드. 주의

제3진영, 정비. 병력 재생산

UDC에서 자크의 명령어들이 쉴새없이 쏟아져나왔다. 이번 경기는 루오손이 아주 단단히 각오하고 나온 듯했다. 예선에서도 지는 경기는 어이없이 무너지는 경우가 많았지만 공격력만큼은 신인답지 않다는 평가를 받은 선수였다. 과연 말 그대로 루오손은 자크를 정신없이 몰아쳤다. 전방에서 계속 전투를 진행하면서도 후방에서는 추가 병력을 끊임없이 생산하고, 중요한 포인트마다 소수 유닛을 동원한 기습 공격을 펼치는 솜씨가 발군이었다. 앞서 두 경기를 내준 선수가 맞나 싶을 정도였다. 나는 루오손의 컨트롤을 더 자세히 살피기 위해 UDC 채널을 자크에서 루오손으로 바꿨다.

•

이건 뭐지?

그의 채널에 뜨는 것은 하나의 구두점뿐이었다.

.

.

그리고 일정한 시간이 지날 때마다 구두점들이 하나씩 추가
됐다. 그게 전부였다.

.

.

.

나는 상황을 파악할 수 없었다. 그의 생각이 스크리닝에 가
려진 걸까? 그럴 리 없다. 게임에 관계된 것이라면 협회가 그
걸 마을 리 없다. 지금 상황만으로 보면 루오손은 아무런 생각
없이 공격을 하고 있는 것이다. 그런 일이 가능한가? 모든 공
격 패턴과 전략이 몸속에 습관처럼, 마치 본능처럼 새겨져 있다
면 가능할지 모른다. 아니면 고도의 훈련을 통해 자신의 생각을
스스로 스크리닝하고 있을 수도 있다. 왜? 나는 자크에게 하던
식으로, 루오손의 입출력 채널로 직접 접근을 시도했다. 약간
의 방화벽이 쳐 있기는 했지만 우회하여 들어갈 수 없는 폐쇄구
조는 아니었다. 이런 중요한 게임에서 선수의 내면을 읽어낼 수
있는 통로를 이렇게 반쯤 열어둔다는 것…… 미심쩍은 구석이
없는 건 아니었지만 나는 작업을 계속했다. 그게 뭐든 보고 나
서 판단할 일이었다.

잠시 후 나는 스크리닝을 거치지 않은 루오손의 진짜 생각에 접근할 수 있는 권한을 얻어냈다.

그러나 그를 들여다본 순간, 나는 아무 말도 할 수 없었다.

그의 내면은 **완전히 비어 있었다.**

텅 빈 공간.

혹은 암흑.

부팅 이전의 세계를 보는 것 같은, 메인칩이 제거된 안드로이드의 눈동자 같은, 어둡고 차가운 구멍.

나는 그 구멍을 가만히 들여다보았다. 그리고 그제야 그 구멍, UDC 채널에서 규칙적으로 떠오르는 구두점이 협회 측에서 일정 시간의 흐름을 나타나기 위해 자동으로 출력하고 있는 부호란 걸 깨달았다. 정작 루오손의 내면은 아무것도 출력하지 않은 채, 아무런 신호도 명령도 없이, 그저 비어 있을 따름이었다.

처음으로 나는 자크가 어쩌면 이길 수 없을지도 모르겠다는 생각을 했다. 근거는 없었다.

거대한 스크린 속에서는 아직도 루오손이 자크를 일방적으로 밀어붙이고 있었다. 자크는 소수 유닛을 이용한 기습 공격을 통해 다른 활로를 찾아보려 했지만 워낙 중앙 전선에서 밀어붙이는 루오손의 힘이 강해 번번이 다시 수비에 치중해야 했다. 양쪽 선수 모두 피로도가 쌓여 머신 옆에 반짝이는 신경레벨 표시등이 초록색에서 주황색으로 변했다. 저 등이 붉은색으로 변하면 선수는 심각한 상태에 놓여 있는 것으로 간주된다. 신경세포가 지나치게 활성화되면 신체의 일부를 잃거나 뇌에 손상을 입을 수도 있기 때문이다. 실제로 신경레벨 표시제도가 정착되기 전에는 격렬한 배틀 중간에 팔다리를 잃거나 실신하는 경우가 간혹 있었다. 공식적으로 기록되지는 않았지만 아직도 의혹이 풀리지 않은 선수 사망 사건도 몇 건 있었다. 따라서 신경레벨 표시등이 붉은색으로 변하면 심판과 협회는 경기를 중단시킬 수 있다.

다시 자크의 채널에 접속했다. 부대 지정과 컨트롤로 화면 가득 명령어가 출력됐다. 나는 스크리닝된 자크의 생각들을 따로 정렬해서 유심히 살폈다.

정체가 뭐지? 이런 느낌은 처음이다……

정신을 차리자. 다시. 긴장

그런데. 두렵다

왜지? …… 두렵다

이긴다,로 시작됐던 그의 경기에 처음으로 낯선 단어가 찾아들었다. 두려움. 스타디움은 환호성인지 절규인지 알 수 없는 소리들이 뭉쳐 점점 더 과열되고 있었다. 다들 반쯤 넋이 나간 듯했다. 스크린에서는 루오손의 병력들이 신과 같았던 자크의 병력을 아주 조금씩 밀어내고 있었다. 폭풍처럼 밀어붙이는 루오손의 기세에 자크의 빛나던 컨트롤에도 서서히 균열이 가기 시작했다. 나는 머신 속의 자크를 내려다보았다. 주황색이 깜빡거리는 머신 속에서 필사적으로 움직이고 있는 그는 이제 창조주가 아니라 죄수 같았다. 자신이 창조한 세계에 갇힌, 스스로의 억울을 증명해야만 목숨을 건질 수 있는 사형수.

화면에서는 루오손이 병력생산 한계수를 채운 전 병력을 몰아 자크의 본진을 공격하기 시작했다. 자크는 역부족인 병력을 네 부대로 나누어 동서남북 사방에서 루오손의 병력을 향해 돌진했다. 그 순간, 붉은 등이 켜졌다.

"아! 이게 어떻게 된 일입니까! 자크 선수의 머신에 저 붉은 빛은요!"

"예, 지금 심판이 빨리 판단을 해야 합니다, 예, 이거 자칫하다가는……."

"제가 지금 보고 있는 머신 관련 모니터에서는 자크 선수 머신이 출력 한계까지 다다르고 있는데요, 더이상 가면 위험합니다. 경기를 여기서 멈춰야 합니다!"

한편 스크린에서는 장관이 펼쳐졌다. 루오손의 병력, 그 거대한 대형 사이로 자크의 소수 병력들이 마치 틈새로 빨려들듯 들어가 최대 출력으로 폭발했다. 그들은 일종의 자실특공대였다. 병력 수의 열세를 극복하기 위해 자크가 고안해낸 전략은 하나하나의 유닛으로 최대의 효과를 보는 거였다. 물론 누구나 그런 생각을 할 수는 있지만, 관중은 지금 눈앞에서 자신들이 상상하던 것을 현실화시키고 있는 자크의 컨트롤에 입을 다물지 못했다. 저게, 가능하단 말이야? 루오손의 병력 사이로 들어간 자크의 병력들은 불꽃놀이처럼 거대한 빛과 굉음을 토해내며 터졌다. 여기저기서 탄성과 탄식이 흘러나왔다.

"아, 여러분, 이건⋯⋯."

"아름답습니다. 아름다워요."

"예, 뭐 드릴 말씀이 없네요. 이건 뭐 배틀이라는 게임에서, 어? 저, 저기!"

말을 잇지 못하던 해설자 중 한 명이 자크의 머신을 지목했다. 켜져 있던 붉은 등이 깜빡거리며 점멸하기 시작했다. 나는 순간적으로 자크의 무릎이 약간 굽어졌다고 느꼈다.

"자크 선수 머신에 뭔가 문제가 생긴 것 같은데요?"

"예, 이런 경우는 저희도 해설하면서 처음이지만, 예, 지금은⋯⋯."

"빨리 상황을 확인했으면 좋겠습니다. 빨리요!"

경기가 멈췄다. 심판과 의료진 몇 명이 자크의 머신이 놓인 무대 쪽으로 뛰어갔다. 루오손의 머신이 먼저 열렸다. 루오손이 무대로 몇 걸음 내려왔다. 그는 마치 출고 직전 테스트 모드의 안드로이드처럼 가만히 서 있었다. 자크 쪽 머신이 열리자 벽에 기대 있던 자크가 인형처럼 힘없이 쓰러졌다. 나는 가망이 없음을 알았다. 직감이었다.

스타디움 전체가 해독할 수 없는 고함과 비명과 웅성임과 울부짖음으로 소용돌이치는 사이, 카메라는 경기장 이곳저곳을 비추다가 끝내 다시 광고로 넘어갔다. 다시 경기장 화면으로 돌아왔을 때 스크린에 아주 잠깐 VIP석이 비쳤다. 거기엔 아까 그 검은 옷 사내가 앉아 있던 자리만 비어 있었다. 빈 좌석 위에서 낯익은 이름이 깜박였다. 프랭크.

나는 이름에 대해 생각했다.

두 개의 이름.

프랭크와 루오손.

FRANK.

LUOSON.

NO······

NOSO······

N.O.S.O.U.L.

NO SOUL.

순간 처음 출고되어 눈을 떴을 때처럼 짜르르한 전기가 머리 꼭대기에서 발끝까지 관통했다. 그를 찾아야 한다. 프랭크를 만나야 한다. 손에 쥔 불충분한 정보들을 가지고 뭔가 유의미한 단서를 찾으려는 사이, 멀리서 인파를 뚫고 접근해오는 검은 옷 사내들이 보였다. 젠장. 쫓는 것과 쫓기는 것은 어쩌면 하나의 운명일지 모른다고 생각하며, 나는 분노한 관중 사이를 뚫고 경기장 밖을 향해 달리기 시작했다.

1. 12/25 발생한 기 사건 보고서를 아래와 같이 첨부합니다. 끝.

---

1) 사건 개요

통합세기 10년 12월 25일, 소돔 소재 제3공장에서 제품생산 공정중 기계 오작동으로 추정되는 사고로 인해 불량품이 발생했다. 이를 인지한 생산라인 근무자 G가 조장 P에게 보고하였으나, 당시 작업반 장이던 K는 이것을 재고관리 책임자 C와 공모하여 무단으로 빼돌려 이득을 취한 혐의가 있다. 이에 본사에서는 품질관리부 직원을 파견, 이들을 개별 면담하였다.

2) 개별 면담

다음은 통합세기 11년 1월 10일 본사 제3공장 소회의실에서 약 두 시간 반가량 진행된 면담 기록 중 일부다.

2-1) 면담자1

G: 생산라인 CR-103 근무자. 삼십대 후반. 안경 착용. 후줄근한 옷차림.

본사 품질관리부 직원(이하 본): 자기소개 하십시오.

G: 아, 네…… 저는 생산라인 CR-103 근무자 G라고 합니다.

본: 평소 업무를 설명해주십시오.

G: 제가 맡고 있는 라인에선 두뇌 조립 이후 불량품 선별 작업을 합니다.

본: 좀더 구체적으로 말씀해보세요.

G: 음…… 제 앞 라인에서 두뇌 부분이 조립되고요. 제가 있는 선별 과정을 거쳐 오케이가 나면 그다음 공정에서 두뇌가 최종 완성됩니다. 그리고 나서 신체 각 부분과 결합되고요.

본: 네. 그날 무슨 일이 있었죠?

G: 평소와 크게 다른 건 없었습니다. 저는 제 작업라인에 서 있었고, 평소처럼 머리들이 밀려왔죠. 얼핏 보면 사람 같기도 한 머리들입니다. 다행히 눈이 감겨 있기는 하지만, 야간근무 때나 마음이 심란할 때는 좀 무섭기도 하죠. 가끔은 악몽 같은 걸 꾸기도 합니다. 왜 그런 거 있잖습니까. 옛날 영화에 보면 로봇이 갑자기 눈을 뜨고…….

본: 질문에 대한 대답만 하세요. 이건 사적인 얘길 하는 자리가 아닙니다. 그날 그 라인에 무슨 일이 있었습니까.

G: 죄송합니다. 그날, 머리 중 하나가 이상했습니다. 불량품은 대개 어떤 패턴이 있어요. 어차피 조립은 로봇이 하는 거고, 따라서 로봇에 이상이 있다면 같은 식의 불량품이 연속적으로 발견되기 마련이거든요.

본: 그런데?

G: 그런데 그날은 그렇지가 않았어요. 뭔가 이상한 제품이 하나 들어와서 라인을 멈췄는데, 처음 보는 종류의 오류였습니다. 살펴보니 머리 뒤, 그러니까 아직 열려 있는 뇌 뒤쪽으로 희미하게 불이 들어와 있었어요.

본: 불이 들어와 있다? 그게 무슨 뜻이죠?

G: 말하자면 이미 작동을 시작한 거나 다름없습니다.

본: 작동이라면, 안드로이드로서 기능을 시작했다는 얘깁니까?

G: 저는 메카닉이 아니라서 거기까지는 잘 모르겠습니다. 하지만 이론상 거기 불이 들어온다는 것은 작동중, 동작중임을 뜻한다고 알고

있습니다.

본: 그런 현상이 자주 있습니까?

G: 저도 실제로 본 건 이번이 처음입니다. 사실 좀 당황스러웠습니다.

본: 그 외에 특이사항은 없었습니까?

G: 그게…….

본: 말해봐요. 뭐죠?

G: 실은, 아까 제가 처음 뭔가 이상한 걸 느꼈다고 했잖습니까. 이유가 있었습니다.

본: 뭡니까?

G: 이것 참, 저도 너무 어이가 없기는 한데…….

본: 간단히 얘기하세요.

G: 눈을 뜬 것 같았습니다.

본: 뭐라고요?

G: 눈을…… 뜬 것 같았어요. 제가 그걸 본 겁니다. 그래서 깜짝 놀라 라인을 멈춘 거고요.

본: 계속해보세요.

G: 그래서 해당 제품을 들고 자세히 살펴보니 뒤에 불이 들어와 있더라고요.

본: 그럼 그 머리가 그때부터 계속 눈을 뜨고 있었단 말입니까?

G: 아닙니다. 아주 잠깐, 저도 확신할 수 없는 짧은 순간이었어요. 라인을 멈추고 가까이 다가가보니 다른 제품들과 똑같이 눈을 감고 있었죠. 그래서 저도 처음엔 헛것을 봤다고 생각했습니다. 안 그래도 계속 야간근무가 많았거든요. 작업중에 잡생각도 많아지고, 인생을 어떻게 살아야 하나, 일 년 후에도 여기서 일을 계속할 수 있을까 뭐

그런 생각을 하느라 심란해져 있던 차에 하필이면…….

본: 요점이 뭡니까.

G: 아 그냥 제가 본 것이 사실인지 아닌지는 모르겠지만, 있는 그대로를 말씀드린 겁니다.

본: 본인의 말에 책임질 수 있습니까?

G: 제품이 눈을 떴다는 얘기 말입니까? 아니요, 아닙니다. 잘못 본 걸로 하겠습니다.

2-2) 면담자2

P: 생산라인 CR 조장. 사십대 중반. 마르고 검은 얼굴.

본사 품질관리부 직원(이하 본): 자기소개 하십시오.

P: 저는 생산라인 CR 조장 P입니다.

본: 조장이 몇 개 라인을 관리합니까?

P: 조별로 세 개씩 관리합니다. 전 CR 101에서 103까지를 맡고 있습니다.

본: 그날 언제 생산라인에 문제가 생긴 걸 알았죠?

P: 바로 알았습니다. 근무자 중 누군가 라인을 멈추면 제가 모니터하고 있는 화면에 경보가 뜹니다.

본: 후속 조치는 어떻게 했습니까?

P: 일단 음성으로 문제가 되는 제품을 육안 확인하라고 지시했고요, 라인으로 직접 내려가 해당 제품을 꼼꼼히 살폈습니다.

본: 문제가 뭐였습니까?

P: 뇌 뒤쪽에 박혀 있는 인디케이터에 불이 들어와 있었습니다.

본: 동작중이라는 뜻인가요?

P: 일반적으로는 그렇습니다. 하지만 인디케이터 자체 오류일 수도 있고, 아니면 조립 로봇의 오작동일 수도 있습니다.

본: 본인 의견은 어떻습니까?

P: 제가 볼 땐 두 가지 다 아닌 것 같았습니다.

본: 그렇다면 동작중이다?

P: 적어도 제 판단으로는 그랬습니다.

본: 이런 일이 흔하게 일어납니까?

P: 아니요, 그렇지 않습니다. 아주 드문 경우일 겁니다.

본: '일 거'라는 말은 무슨 뜻이죠?

P: 저도 이런 걸 처음 봤다는 뜻입니다.

본: G에게 어떤 보고를 받았습니까?

P: 인디케이터에 불이 들어와 있다고 했습니다.

본: 하지만 그 전에 라인을 멈췄잖습니까.

P: 예, 그게…… 이상한 말을 좀 하더군요.

본: 뭡니까.

P: 눈이 마주쳤다고 했습니다.

본: 누구와?

P: 머리와요. 허허, 그러니까 그게 말이 안 되는 거죠. 백번 양보해서 인디케이터에 불이 들어올 수는 있다고 해도, 조립중인 로봇이 스스로 눈을 떴다는 것은…….

본: 불가능한가요?

P: 불가능합니다. 이론적으론 그렇습니다.

본: 좀더 정확히 말해보세요.

P: 뭐, 어디까지나 신빙성 없는 얘기긴 하지만, 어떤 '특별한' 사례들이 있다는 얘기를 들은 적이 있습니다.

본: 특별한 사례?

P: 조립이 끝나지 않은 안드로이드가 기능을 먼저 시작하는 경우 말입니다.

본: 그런 일이 실제로 있습니까?

P: 기계 오작동 같은 경우라면 몇몇 사례가 있습니다. 손가락이 오므려지기도 하고 다리가 움직이기도 합니다. 인간으로 치면 무조건 반사와 비슷한 현상입니다. 아주 단순한 오류지요. 하지만 제가 말하는 특별한 경우란 좀 다른 겁니다. 이를테면…….

본: 눈을 뜬다거나?

P: 네. 눈을 뜬다거나 사고를 시작한다거나 조건반사 같은 반응을 보인다거나 하는 것들 말입니다. 뇌와 사지가 전부 조립되고 공식적인 작동을 시작한 다음에야 할 수 있는 일들을 조립 단계에서부터 시작하는 경우가, 아주 희귀하지만 있다고 알고 있습니다.

본: 누가 말해주던가요?

P: 그냥 조장들 사이에 퍼져 있는 얘깁니다. 물어보시면 아마 누구나 안다고 할 거예요. 오래된 이야기니까 출처를 정확히 알지는 못합니다.

본: 그래요. 알겠습니다. 나가보세요. …… 아, 혹시.

P: 네?

본: 그런 현상을 가리키는 어떤 명칭 같은 게 있습니까?

P: '르아흐'라고 부릅니다.

본: 르아흐?

P: '신의 숨결'이라는 뜻이라고 하더군요.

본: 그건 누가 말해준 겁니까?

P: 아무도 말해주지 않았습니다.

본: 그럼 어떻게 알았죠?

P: 찾아봤습니다, 제가.

본: …… 알겠습니다. 됐습니다. 나가보세요.

2-3) 면담자3

K: 생산라인 작업반장. 나이를 가늠하기 힘든 얼굴. 젊게 보면 사십대에서 늙게 보면 육십대라고도 생각할 수 있는 외모.

본사 품질관리부 직원(이하 본): 자기소개 하십시오.

K: CR 라인 작업반장 K라고 합니다.

본: 거두절미하고 본론으로 들어가죠. 뭡니까, 이 사건.

K: 알 수 없는 오류에 의한 두뇌 오작동입니다.

본: 흔한 일입니까?

K: 흔하다고 볼 수는 없습니다.

본: 르아흐, 맞죠?

K: 그렇다고 생각합니다.

본: 전에 경험한 적이 있습니까?

K: 딱 한 번, 있습니다.

본: 언제였습니까?

K: 거의 팔구 년 전 일이라 기억이 정확하지는 않습니다. 당시 전 단순근무자라 보고만 하고 그 뒤는 모릅니다.

본: 좋아요. 그렇게 생산된 제품은 어떤 차별점을 지닙니까?

K: 글쎄요, 르아흐는 워낙 희귀한 경우라…… 인간만이 지닌 고유한 속성 중 하나를 얻게 된다고 알고 있습니다.

본: 예를 들면?

K: 그건 알 수 없습니다.

본: 무슨 뜻입니까?

K: 이번에 발견된 오류의 경우 아직 테스트 전이라 알 수 없다는 말입니다. 르아흐는 워낙 광범위한 개념이기 때문에 단순 조립 오류나 기계 결함이 아닌 모든 현상을 지칭합니다. 따라서 결과를 얻기 전엔 뭐라 말할 수 없습니다.

본: 타 제조사에도 이런 현상이 있습니까?

K: 희귀한 경우지만 가장 최근에 카이온에서 비근한 예가 있었다고 들었습니다. 그쪽 보고서에 따르면, 해당 모델의 경우 인간의 공감능력 중 일부를 지니게 되었다고 합니다.

본: 공감능력이라면, 감정의 긍정적 수용과 상호작용이 가능하다는 건가요?

K: 말씀하신 대롭니다.

본: 그렇다면 제품으로서 별다른 의미는 없겠군요?

K: 파는 입장에서 보자면 그렇습니다.

본: 타사의 경우 해당 제품을 어떻게 처리했습니까?

K: 기밀이라 알지 못합니다.

본: 작업 매뉴얼에는 어떻게 나와 있죠?

K: 상부에 보고 후 허가를 얻어 파기하도록 되어 있습니다.

본: 그대로 했습니까?

K: 그대로 했습니다.

본: 확실합니까?

K: 네.

본: 그런데 왜 이 제품이 사라진 거죠?

K: 저는 그에 대해선 모릅니다.

본: 이 안드로이드를 빼돌려 부당한 이득을 챙겼습니까?

K: 아닙니다.

본: 재고관리 책임자 C를 알지요?

K: 그렇습니다.

본: 이 사건과 관련하여 C와 공모한 사실이 있습니까?

K: 없습니다.

본: 둘이 친하잖아요. 아니에요?

K: 전 매뉴얼대로 행동했을 뿐입니다. 적법한 절차에 따라 재고관리부로 해당 안드로이드를 넘겼고, 거기서 C 역시 마찬가지로 규정에 따라 처리했으리라 생각합니다.

본: 이것 봐요, 작업반장. 지금…….

K: 저는 아이가 둘 있습니다. 제 월급으로 아이들 키우는 것이 빠듯하긴 하지만 검은 돈에 욕심낼 정도로 어리석진 않습니다. 전 르아흐가 뭔지 정확히 모르고 알고 싶지도 않습니다. 이런 사례에 해당하는 안드로이드들이 블랙마켓에서 얼마에 거래되는지조차 모릅니다.

본: 지금 사내에서 당신을 둘러싼 몇몇 관계자들을 의심하고 있다는 건 알고 있습니까?

K: 그게 지금 제가 이 면담을 하고 있는 이유라고 생각합니다.

본: 결백합니까?

K: 결백합니다.

본: 흠…… 알겠습니다. 나가보세요.

2-4) 면담자4

C: 생산라인 재고관리자. 사십대 중년 여인. 창백하고 흐릿한 얼굴.

본사 품질관리부 직원(이하 본): 자기소개 하십시오.

C: CR 라인 재고관리 책임자 C예요.

본: 문제를 일으킨 제품에 대해 알고 있습니까?

C: 네.

본: 사건 당일 해당 제품이 창고로 들어왔죠?

C: 네.

본: 그리고 이틀 후 제품이 사라졌습니다. 그렇죠?

C: 네.

본: 책임을 인정합니까?

C: 아뇨.

본: 무슨 소립니까?

C: 이것도 다 형식적인 조사란 걸 알아요. 그냥 적당히 끼워 맞추려는 거죠.

본: 당신의 대답은 모두 기록되고 있습니다. 알고 있어요?

C: 맘대로 하세요. 어차피 나나 K가 뒤집어쓰겠죠.

본: 이게 지금 어떤 상황인지 파악이 안 됩니까?

C: 당신이라면 어떻게 하겠어요? 생산라인에서 이상을 일으킨 제품이 재고로 들어왔다가 쥐도 새도 모르게 사라지는 게 한두 번인 줄 알아요? 그때마다 재고책임자를 문책하고 경질하고 아무나 그 자리에 채워넣고 다시 자르고. 그래요, 나도 그렇게 이 자리에 앉았어요. 기꺼이 당신들의 소모품이 되기를 원했단 말이죠. 언젠가 내 차례가 오리란 걸 알고 있었어요. 예상보다 좀 빠르긴 하지만.

본: 결백하다는 뜻입니까?

C: 믿어지지 않겠지만, 그래요.

본: 당신이 결백하다면, 이건 누구 짓이라고 생각합니까?

C: 글쎄요. 그걸 찾는 게 당신 임무 아닌가요? 심지어 CCHV (Closed-Circuit Holovision) 기록조차 다 지워져 있어요. 그럼 누굴까요? 누구겠어요?

본: CCHV 기록을 지울 수 있는 사람은 당신뿐이지 않습니까?

C: 당신과 내가 아는 한 그렇죠. 하지만 정말 그럴까요?

본: 그건 무슨 소립니까?

C: 언제부터 재고관리자가 그렇게 대단한 존재였다고……

본: 똑바로 말해보세요.

C: 말하고 싶지 않아요.

본: 이런 식으로 나오면 곤란합니다. 보고서가 상부로 제출된다는 사실을 잊지 마세요.

C: 상부? 하, 그래요 상부. 당신도 머리가 있으면 좀 생각이란 걸 해봐요. 누가 그걸 빼돌렸겠어요? 내가? 겨우 재고관리 책임자가 된 지 두 달밖에 안 된 내가? 아니면 몸 사리기로 유명한 K가? 누굴까요. 아, 나도 진짜 궁금하네. 누구겠어요?

본: 말한 대로 그걸 알아내는 게 내 임무입니다. 그리고 당신은 가장 유력한 용의자 중 하나고요.

C: 그래요, 잘 찾아봐요. 인생 참 더럽네, 씨발.

이후 돌발상황으로 면담이 중지됨. C가 아코니틴 계열의 독극물 캡슐을 삼키고 자살 시도. 십여 분 후 공장 총책임자, 인사담당 관리자와 함께 C의 사망 최종 확인.

3) 잠정 결론 및 향후 조사 방향

혐의가 있던 작업반장 K와 재고관리 책임자 C 중 C의 자살로 조사
는 중단이 불가피하였다. 자백을 얻어내지는 못했으나 이로써 C의
단독범행이 확실시되며, 추후 해당 제품 시리얼넘버를 바탕으로 추
적을 시작하였다. 본사 품질관리부에서는 지속적으로 해당 제품에
대한 추적을 계속할 것이며, 공모 가능성이 남아 있는 작업반장 K와
근무자 G, 조장 P에 대해서도 모니터링을 강화, 지속할 계획이다. 또
한 르아흐 현상에 관하여서는 사례 수집과 자료 조사를 통해 별도의
보고서를 작성할 예정이다.

열람을 종료하시겠습니까?

예   아니오

페이스오프
재즈피아니스트

Face-Off
Jazz Pianist

인파를 헤치고 나와 스타디움 밖에 이르렀다. 밤이 깊었다. 나는 비로소 어디로 향할지를 고민했다. 선택의 순간. 망설여지지만, 무엇을 택하든 결과는 크게 다르지 않으리란 걸 안다. A와 B, 둘 중 무엇을 고르든 그다음 오는 것은 C다. 나는 자기열차 정거장 반대쪽으로 빠르게 걷기 시작했다. 어쨌든 호버크래프트를 사람들 눈에 잘 띄지 않는 한적한 뒷골목에 세워둔 것은 괜찮은 선택이었다. 잡히지만 않는다면 다음 선택을 할 수 있게 해줄 테니까.

호버크래프트에 올라타 시동을 걸었다가 곧 생각을 바꾸었다. 대신 잠복할 때처럼 불을 끄고 몸을 낮췄다. 얼마 지나지 않아 골목 위로 호버비히클 두 대가 쏜살같이 지나가는 것이 보였다. 방향은 서쪽. 내 사무실로 다시 찾아가는 게 아니라면 왔던 곳으로 돌아가는 것이겠지. 나는 반대 방향을 택하기로 했다. 구형 호버크래프트가 덜덜거리며 이륙하기 시작했다. 일부러 고도를 낮게 조정했다. 시간은 걸리겠지만 이편이 보다 안전할 것이다. 목적지는 F구역 401섹터. 범죄다발 구역, 일명 소돔이라 불리는 곳이다.

안드로이드 전용 바 '헤븐 앤드 헬'은 401섹터 한가운데 있었다. 보기 드문 수동식 문을 밀고 들어서자 여느 때처럼 담배 연기가 자욱했다. 곳곳에서 웃옷을 반쯤 풀어헤친 손님들이 구식 담배를 피워대며 소란스럽게 떠들고 있었다. 바니걸 복장을 한 여자 안드로이드가 맥주잔을 가득 올린 접시를 들고 테이블 사이를 돌아다녔다. 구식 담배라면 뇌 속에 박힌 고유칩이라도 기꺼이 꺼내줄 위인들. 지금은 없는 상상 속 대륙들이 그려진 대형 세계지도와 군데군데 찢어진 빨갛고 파란 벽걸이 천 사이로 익숙한 얼굴이 몇 보였다. 그중엔 지난 번 절도 사건으로 나에게 된통 당했던 알렉스도 있었다. 비슷비슷한 건달들 틈에서 담배를 물고 히죽거리던 녀석은 나를 발견하자 험악한 표정을 지으며 가운뎃손가락을 세워 보였다. 나는 말없이 그들을 지나쳐 바 한쪽에 자리를 잡았다.

"오랜만이시군."

흰 수염의 바텐더가 다가와 말을 걸었다.

"뭘로 드려?"

"글렌피딕, 스트레이트."

"요즘 좀 한가했나보지?"

"그럴 리가."

"사건이 있으면 여기부터 들르잖아 체이서 양반. 나도 이제 그쯤은 안다고."

"뭐, 마음대로."

"이번엔 뭔 일인데?"

술잔을 내밀며 흰 수염이 물었다. 나는 대답 대신 찰랑거리는 갈색 액체를 한번에 들이켰다. 40도의 알코올이 식도 튜브를 타고 인공 위(胃)로 떨어지는 것이 느껴졌다. 이제 곧 위액이 분비되고, 간이 작동을 시작해 알코올 성분을 분해할 것이다. 인간과 다를 것은 없다. 있다면 뇌 근처에 작은 칩이 심겨 있다는 것뿐.

"장사는?"

"늘 그렇지. 그럭저럭 괜찮다가 또 안 좋다가. 한동안 노예상 때문에 시끌시끌했는데 그건 또 잠잠해진 것 같고."

"벌써?"

"얼마 전에 잡혔잖아, 그 체이서 킬러. 안과 의사라던가. 일반 안드로이드들은 말할 것도 없고 여기 손님들 중에도 피해자가 여럿 있을 정도니. 잘은 모르지만 아무튼, 체이서 몇도 당했다지 아마."

"별 볼일 없는 얘긴 그만하고, 딴 건 없어? 이를테면 인간들 중에……."

"저거, 또 왔구만."

흰 수염은 내 얘기를 듣는 대신 갑자기 바 한쪽 구석을 손가락질하며 말했다. 그가 가리킨 곳에선 육중한 몸집의 사내가 피아노 앞에 엉거주춤 자리를 잡고 있었다. 뒷모습밖에 보이지 않았지만 한눈에 보기에도 초라한 행색이었다. 진한 카키색 코트에 찌그러진 모자를 눌러쓴 뚱뚱한 남자는 힘겹게 건반 뚜껑을 들어올리고 나서 천천히 의자를 당겨 앉았다. 한번에 다 당기지 못해 의자가 바닥에 끌릴 때마다 끼익끼익, 소리를 내며 신경을 거슬렀다.

"누구?"

"그냥, 미친 노인네. 한 달쯤 됐나? 맨날 와서 저래."

"안드로이드, 맞아?"

"정확히 아는 사람이 없어. 본인이 얘길 안 하니 알 수가 있나. 하지만 아마 인간이겠지."

"확실해?"

"가서 봐. 알게 될 거야."

나는 시선을 고정한 채 사내가 하는 품새를 지켜보았다. 그는 모자를 벗어 피아노 위에 올려놓더니 두 손을 건반 위에 얹은 다음 연주를 시작했다. 담배 연기 사이로 서로 다른 음의 파동들이 희미하게 퍼져나가기 시작했다.

"My Foolish Heart."

내가 중얼거리자, 흰 수염이 되물었다.

"뭐?"

"저 곡 제목."

"어떻게 알아?"

"이유가 필요해?"

나는 고개를 돌려 흰 수염을 바라보았다. 술잔을 닦던 그의 손이 멈췄다. 그는 약간 떨떠름하게 굳은 표정으로 나를 바라보고 있었다. 나는 다시 물었다.

"왜, 난 재즈 들으면 안 되나?"

"아니, 뭐 안 될 것까지야……."

놀라운 반응은 아니었다. 재즈를 듣는 안드로이드라. 요즘 시티에서 인기를 끈다는 페이크(fake) 뉴스에나 나올 법한 얘기겠지. 하지만 나는 재즈를 듣는다. 인간의 것이라고 해서 다 쓰레기는 아니라는 걸 나는 재즈를 통해 알았다. 그들이 만들어내는 멜로디와 리듬을 듣고 있으면 정신이 명료해진다. 사고는 활성화되고 오류는 줄어들며 과부하가 가라앉는다. 인간들이 무슨 이유로 이런 종류의 음악을 만들어내고 향유하는지는 모르겠다. 그러나 적어도 내게 재즈가 전기(電氣)적으로 긍정적인 영향을 주는 것만은 분명했다.

"한 달째 저 곡을 들었는데, 이제야 제목을 알았군."

흰 수염이 가볍게 콧소리를 내며 웃었다. 나는 천천히 일어나 피아노 쪽으로 다가갔다.

"조심하라고, 미친 인간이야."

등 뒤에서 흰 수염의 목소리가 들려왔다. 그사이 조용히 연주가 멈췄다. 여기저기서 산발적으로 낮은 기침 같은 박수가 나왔다.

"이봐요."

나는 오래된 갈색 업라이트 피아노에 한 손을 올리고 말했다. 연주하던 두 손을 기도하듯 다리 위에 모으고 몸을 한껏 웅크리고 있던 사내가 고개를 들었다. 두꺼운 검정 뿔테 안경 밑으로 보이는 얼굴. 그건 누가 보기에도 자신의 것이 아닌 얼굴이었다. 피부는 푸른색과 초록색, 붉은색 반점들이 섞여 심하게 얼룩져 있었고, 접합 부위인 귀 아래와 목덜미엔 서툰 솜씨의 봉합 자국이 그대로 남아 있었다. 페이스오프(face-off). 말로만 듣던 페이스오프가 분명했다. 급전을 구하기 위해 자신의 안면 피부를 떼어주고 아무 피부나 이식받는 인간들이 있다더니…… 나는 사내의 흐릿한 눈동자에 대고 어떤 이야기부터 해야 할지 망설였다.

"다른 곡도 연주할 수 있습니까?"

결국 찾아낸 질문. 그러자 두려움인지 경계인지 모를 단단함으로 뭉쳐 있던 사내의 눈빛이 다소 누그러졌다. 그는 아무 대꾸 없이 다시 두 손을 다소곳이 건반 위에 올려놓았다. 자리로 돌아오는데 등 뒤로 또다른 멜로디가 들려오기 시작했다.

§

두번째 곡이 끝난 뒤 나는 한 손에 스트레이트 잔 두 개를 들고 가 사내를 구석 자리에 앉혔다. 조명이 만들어낸 그림자 속으로 사내의 얼굴이 반쯤 가려져 마치 두 개의 서로 다른 가면을 쓰고 있는 것처럼 보였다.

"고맙소."

사내는 고개도 들지 않고 말한 뒤 술잔을 죽 들이켰다. 잔을 내려놓을 때 보니 손가락이 미세하게 떨리고 있었다.

"The Two Lonely People."

"지독하게 아름다운 곡이지."

내가 두번째 곡의 제목을 말하자 사내는 동의한다는 듯 고개를 끄덕이며 혼잣말처럼 웅얼거렸다. 하지만 그의 시선은 여전히 테이블을 향한 채였다.

"빌 에반스를 좋아합니까?"

"하지 마!"

갑자기 사내가 고개를 쳐들고 소리를 질렀다. 반사적으로 허리춤의 레이저건에 손이 갔다. 그리고 갑작스러운 침묵. 방금 내 말이 그의 안에 있는 뭔가를 건드린 게 분명했다. 이것 봐라.

"이봐요."

그를 불렀지만 사내는 언제 그랬냐는 듯 다시 고개를 숙였다.

"몇 가지만 물어봅시다."

대답 대신 사내가 빈 잔을 내밀었다. 나는 바까지 걸어가 글렌피딕 대신 라가불란을 채워다 그의 앞에 내려놓았다. 그가 다시 술잔을 들이켰다.

"인간입니까?"

"이 술 좋군. 이름이 뭐지?"

"묻고 있잖아요. 인간입니까?"

"이거 한 잔 더 주면 대답하지."

나는 벌떡 일어나 나가버리고 싶은 충동을 느꼈다. 감정 코드 44번, 분노가 활성화되려는 순간이었다. 이 남자가 내게 줄 수 있는 정보는 전혀 없거나 있더라도 쓸모없는 것일지 모른다. 페이스오프에 실패한 버려진 인간이 어디 한둘이겠는가. 하지만 나는 일어나 그의 잔을 들고 가 한 번 더 라가불란을 채워 왔다. 근원을 알 수 없는, 그 빌어먹을 직감 때문이었다. 게다가 여길 벗어난다 해도 쫓기는 신세다. 대체 무슨 일이 벌어지고 있는 건지 알아내야 했다.

"인간입니까?"

술잔을 그의 앞에 탁 소리 나게 내려놓으며 내가 물었다. 사내는 고개를 들어 나를 정면으로 응시했다. 소돔의 길거리에서 중국 상인들이 파는 십 달러짜리 임시 안면 피부만도 못한 흉측한 피부. 그건 인간의 것이라기보단 이제껏 사건사고 현장에서 봐온 시체들에 가까운 얼굴이었다. 썩고 문드러져 더이상 생명의 흔적이라고는 남아 있지 않은.

"그랬었지."

그는 묘한 표정을 지으며 술잔을 들이켰다. 웃는 것 같기도, 찡그리는 것 같기도 한 표정이었다.

"무슨 뜻입니까?"

사내는 아무 대꾸 없이 비어버린 술잔과 그 옆에서 맥없이 계속 떨리는 자신의 손가락을 한참 동안 내려다보았다.

"여기가 어딘지 아나?"

이윽고 사내가 말했다.

"헤븐 앤드 헬."

"그 전엔?"

"인간들 술집이었겠지."

"그 전엔?"

"모릅니다."

"그 전엔?"

"그만합시다."

사내는 천천히 고개를 돌려 피아노가 놓인 자리를 물끄러미 바라보았다. 그리고 일어서며 말했다.

"한 곡 더 연주해야겠네."

§

그가 연주한 세번째 곡은 〈Minority〉. 역시 빌 에반스였다. 이 남자는 빌 에반스와 어떤 관계일까? 아까 그 이름이 나왔을 때 소리 질렀던 것으로 보아 분명 관련이 있다. 그것도 좋지 않은 뭔가가. 나는 다시 보편공유지식 섹터를 검색했다.

빌 에반스

분류: 인간 | 실존인물일 가능성: 65퍼센트

통합세기 전 미합중국의 재즈 피아니스트. 지금은 유리 바다 밑에 가라앉은 브이시티의 그림자 도시를 무대로 활동했다. 수많은 레코딩을 남겼다고 전해지지만, 현재는 수세기 전 그가 '빌리지 뱅가드'에서 녹음한 연주 일부만이 남겨져 오늘날의 재즈 뮤지션들에게 커다란 영향을 주고 있다. 지적이며 섬세한 연주, 노래하는 듯한 선율로 유명하다.

곡이 끝나기를 기다려 사내에게 다가갔다.

"빌리지 뱅가드, 입니까?"

사내가 다시 묘한 표정을 지어 보였다. 자리로 돌아올 때 그는 취한 것처럼 비틀거려서 몇 번이나 그를 붙잡아야 했다.

"맞죠? 그러니까 여기가……."

"처음부터 미친 생각이었어."

대답 대신 사내가 말했다.

"뭐가 말입니까?"

"빌 에반스……."

자리에 앉은 그는 양손을 가져다가 입김을 불어넣듯이 입을 가렸다. 그러고는 세수하는 것처럼 얼굴을 위아래로 쓸어내렸다. 그 손에 닿을 얼굴의 감촉을 상상했지만 잘 되지 않았다. 그것은 경험해보지 못한, 누군가 경험한 데이터가 존재하지도 않는 영역이었다.

"그는 내 영웅이야. 그렇게 되고 싶었지."

의뢰인들이 마음을 여는 순간이 있다. 상대에 대한 경계가 풀리고 앞으로 전개될 일들에 대한 두려움이 사라질 때, 의뢰인은 굳이 캐묻지 않아도 스스로의 삶에 대해 이야기를 시작한다. 어려운 것은 그 결정적 순간, 그들의 정신 어딘가에 있을 도어록 시스템을 여는 방법이 일정치 않다는 것이다. 홍채로도 지문으로도 패스워드로도 되지 않는 무엇을 찾는 일. 그것이야말로 체이서란 직업의 가장 힘든 부분이다. 이 사내의 경우 어쩌면 그 암호는 빌 에반스와 빌리지 뱅가드일지도 모르겠다,라고 나는 생각했다.

"피아니스트로서 나는 꽤 전도유망한 편이었네. C구역 출신이니 부잣집은 아니었지만, 그렇다고 소돔 출신도 아니니 해볼 만했지. 아주 옛날 얘기야. 이십대에는 꽤 괜찮은 클럽에서 연주도 하고, 오래 가진 못했지만 종종 A나 B 구역에서 가장 잘나간다는 아티스트들과 긱(gig)을 하기도 했지. 어떻게 보면 내 인생에서 가장 빛나는 순간이었어."

사내는 약간 웃는 것처럼 보였다.

"뚱보 빌 에반스. 사람들은 나를 그렇게 불렀네. 연주 스타일이 비슷했거든. 당연한 거 아닌가. 좋아하고 존경하는 뮤지션을 닮아가는 건 드문 일이 아니지. 나쁜 일도 아니고. 비록 내 외모 때문에 앞에 뚱보라는 말이 붙긴 했지만 난 그 별명이 좋았네. 빌이라면 이 파트를 어떻게 연주했을까, 뭐라고 말했을까, 내가 진짜 빌 에반스가 되면 어떨까…… 이런 생각을 항상 하던 시절이었지."

사내는 빈 잔을 다시 입에 털어넣고 혀로 잔 끝을 핥았다.

"자넨 예술이 뭔지 아나?"

"쓸데없다는 거 정돈 압니다."

"그래 맞아. 그게 예술이야. 그런데 그거 아나? 예술가에겐
반드시 정체기라는 게 찾아오게 되어 있어. 일종의 막다른 골목
같은 거지. 한참 열심히 걸었는데 앞에 쿵, 뭐가 부딪치는 거야.
고개를 들어보니 아주 높다란 벽인데, 이게 뚫리지도 열리지도
넘어가지지도 않는 거지. 게다가 누구도 도와줄 수 없고. 난 마
흔이 다 돼서야 이게 왔어. 아주 미칠 것 같았지. 연주는 점점
시시해지고, 공연은 줄어들고, 새로 나타난 젊은 애들은 어디서
배웠기에 그렇게 잘 치는지. 태어나 처음으로 음악을 하는 게
싫었지. 아주 고통스러웠어. 나를 맨 처음 건반 앞에 앉힌 사람
을 찾아 죽여버리고 싶을 정도였으니까."

"그래서 돈이 필요했던 겁니까?"

"뭐?"

"그 얼굴."

사내는 나를 한동안 뚫어져라 바라보다가 한숨을 내쉬었다.

"자네도 내가 돈 때문에 얼굴을 팔았다고 생각하나?"

"아니면?"

내가 되묻자 사내는 고개를 반쯤 오른쪽으로 돌렸다. 그의 얼
굴이 완전한 어둠 속에 가려졌다.

"이건 내가 산 거네."

사내는 빌 에반스가 되고 싶었다. 처음 피아노를 시작했을 때부터 그의 목표는 하나였다. 그러니 어쩌면 맨 처음 그를 피아노에 앉힌 사람은 빌 에반스나 다름없었다. 기나긴 슬럼프를 극복하기 위해 그가 떠올린 사람 역시 빌 에반스였다. 사내는 자신이 가진 돈을 모두 끌어모아 빌 에반스의 안면 피부를 주문제작했다. 아무도 '뚱보 빌 에반스'의 선택을 말리지 않았다.

"모두 개새끼들이지."

사내가 말했다.

"지금 생각해보면 그놈들은 내가 불행해지리라는 걸 알고 있었어. 하지만 처음부터 그건 중요한 게 아니었어. 무슨 짓을 해서든 내 연주가 좋아져야 자기네들한테도 이익이 되니까. 빌빌대고 있는 동료가 미친 짓을 하려고 할 때 하나쯤은 말리는 사람이 있을 법도 하잖아? 그런데 없더라고. 없었어. 단 한 명도."

"미친 짓이라는 걸 알면서 왜 했습니까?"

"그때 난 뵈는 게 없었거든. 이렇게 슬럼프에 빠져 있다가 도태되나, 한 번쯤 해보고 싶던 일을 저질러버리나 별 차이가 없다고 생각한 거야. 어쩌면 주위 사람들도 같은 생각이었을지 몰라. 저 새끼가 계속 저러고 있다가 버려지든지, 미친 짓으로 갑자기 슬럼프를 극복하든지. 구경하는 재미가 쏠쏠했을걸. 애초부터 본인들한텐 손해날 게 없으니까 그냥 놔둔 거지."

"얼굴을 갖다 붙인다고 해서 달라지는 게 있습니까?"

사내는 자세를 가다듬었다. 어둠 속에 있던 나머지 얼굴 절반이 빛 쪽으로 나왔다. 저 얼굴에는 대체 무슨 힘이 있는 것일까. 나는 진심으로 궁금해졌다.

"자넨 예술이 뭔지 모르는군."

"안드로이드가 예술을 이해해야 할 의무가 있는 건 아니지요."

"기술적으로 난 아무 문제가 없었네. 테크닉으로 치자면 전성기의 빌 에반스가 봤어도 무시하지 못했을 거야."

"그런데 왜?"

"인간이란 그런 존재야. 뭐가 조금이라도 어긋나면 모든 게 틀어지지. 아주 작은 것. 눈에 보이지도 않고 손에 잡히지도 않는 그런 것들이 연주에 엄청난 영향을 준다는 말일세. 절대적이라고 말할 수 있을 정도지. 예술가들이 가진 수많은 징크스가 의미하는 게 뭐겠나? 양말을 오른쪽부터 신거나 공연 전날엔 손톱을 깎지 않는 게 연주와 무슨 상관이겠느냐고. 아무것도 아니지. 그렇지만 그 아무것도 아닌 게 전부를 좌지우지할 수 있어. 그게 인간이고, 그게 예술이야. 딱 내가 그랬어. 난 빌 에반스의 얼굴이 필요했던 게 아냐. 그냥 어떤 계기가 필요했던 거라고. 어긋난 아주 작은 부분을 원래대로 돌려놓을 수 있는……"

사내는 확신에 찬 어조로 말했다. 인간과 예술을 정의하는 그의 생각은 확고해 보였다. 그러나 지금 내 앞에 앉아 있는 것은 페이스오프에 실패한 흉측한 얼굴의 패배자다. 나는 둘 사이의 간극을 어떻게 받아들여야 할지 갈피를 잡을 수 없었다.

"좋아요. 어쨌든 그렇다 치고. 근데 얼굴은 왜 그렇게 된 겁니까?"

"아까 말했잖아. 모두 개새끼들이라고. 의사 역시 개새끼였어. 안면 피부를 주문제작하는 데 돈을 너무 써서, 싼 의사를 찾다가 소돔까지 건너온 게 실수였지. 그 의사는 정말 개새끼였어. 마취를 제때 풀지도 않고 그냥 가버렸으니까. 수술 다음 날 깨어나보니 난 쓰레기통 근처에 버려져 있었지. 썩는 냄새가 진동을 하기에 쓰레기통에서 나는 냄새인 줄 알았는데, 알고보니 내 얼굴에서 나는 냄새더라고. 뜯어내려고 약품도 바르고 자해도 하고, 별짓 다 해봤지만 소용없었어. 그때부터 돈을 꾸기 시작했지. 당연히 갚지 못했으니까 한 번 돈을 꿀 때마다 아는 사람이 한 명씩 줄었고. 돈을 꾸고 나면 다신 그 사람 얼굴을 보지 못했지."

"얼마나 오래 그러고 살았습니까?"

"이 년째지, 벌써."

"여기 오는 이유는 뭡니까?"

"여기?"

사내가 다시 한숨을 내쉬었다.

"그동안 난 이곳저곳을 전전하며 연주를 해왔네. 딱히 발전이 있었던 건 아니지만 테크닉은 어디 가는 게 아니니까, 욕심과 자존심만 내려놓는다면 그럭저럭 먹고살 순 있었지. 옛날 동료들을 만나지 않도록 조심하면서 말이야. 그거 아나? 이런 얼굴로 다니면 모두 피하기만 할 것 같지만 꼭 그렇지도 않아. 인간들 마음속엔 기본적으로 '연민'이라는 감정이 프로그래밍되어 있거든. 자네는 이해 못할 수도 있지, 물론. 그건 이 도시에서 거지들이 결코 사라지지 않는 것과 같은 이치야. 누군가는 동전을 던져주거든."

사내가 말을 멈췄다. 나는 그래서?라고 물으려다 관뒀다. 그는 손가락만 떠는 것이 아니었다. 그의 눈빛엔 해독 불가능한 종류의 떨림이 담겨 있었다. 사내는 주저하고 있었다. 뭘까. 뭐가 그를 흔들고 있는 걸까.

"한 곡만 더, 치겠네."

사내가 말했다.

§

연주가 시작되었다.

익숙한 멜로디. 〈Waltz for Debby〉였다. 느리게 시작한 연주는 점차 빨라졌다. 베이스도 드럼도 없이 멜로디를 헤치고 나아가는 사내의 발걸음은 거침이 없었다. 술잔을 잡을 때마다 떨리던 손가락은 낡은 피아노의 한계를 시험이라도 하듯 때로는 부드럽게 때로는 강렬하게 건반을 어루만졌다. 나는 남아 있던 글렌피딕을 입에 가져다댔다. 알코올 일일제한량은 아직 조금 더 남아 있었다.

쾅, 하는 소리와 함께 커다란 불협화음이 난 것은 그때였다.

피아노 쪽을 바라보니 사내는 건반에 머리를 박고 있었다. 술을 마시던 손님들이 그를 가리키며 웅성거렸다. 몇몇은 일어나 피아노 쪽을 살폈다. 나는 서둘러 그를 부축해 자리로 데려왔다. 이마가 조금 찢어졌는지 피가 묻어 있었다. 바에서 흰 수염이 내게 입모양으로 무슨 일이냐고 물었다. 나는 알아서 할 테니 신경 쓰지 말라고 답했다.

"괜찮아요?"

사내는 대답 대신 고개를 끄덕였다. 나는 다시 한번 술잔에 라가불란을 채워 그의 앞에 놓았다.

"이제 끝이야."

"연주 말입니까?"

"아니."

사내의 이마에서 흘러내린 피가 콧망울에 맺혔다.

"나 말일세."

그는 아무렇게나 되라는 듯 무심한 동작으로 팔을 들어올려 옷소매로 이마를 훔쳤다. 정상의 범주를 벗어난 인간을 관찰하고 거기서 정보를 얻는다는 것은 쉽지 않은 일이다. 그의 말과 행동을 이해한다는 것은 더더욱. 사내를 바라보며 나는 어쩔 수 없이 인간이란 어떤 존재인가를 추론해야 했다. 오히려 처음부터 저주받은 것은 그들인지도 모른다. 인간의 이 극도로 불안정한 내면, 예측 불가능한 화학작용을 가리켜 어떤 이들은 영혼이라 부르는 것은 아닐까?

"미친 생각이었어."

"페이스오프 말입니까?"

"아니, 아니야. 자네는 항상 내가 하려는 말을 잘못 이해하는군. 그게 안드로이드로서의 한계인가?"

"부정확한 언어를 사용하는 인간의 한계겠죠."

"그래, 그럴 수도 있겠군. 맞아, 미친 생각이었어. 다른 사람의 영혼을 훔치려고 하다니."

사내는 술잔을 들이켰다. 나는 그가 툭 내뱉은 단어를 놓치지 않았다.

"영혼을 훔친다?"

"그들이 그렇게 얘기했지. 원하는 영혼을, 누구의 것이든 가질 수 있다고. 무슨 물건이라도 사듯이."

"그들이 누굽니까?"

"나도 몰라. 어느 날인가, 내 사정을 잘 아는 드러머 친구가 소개를 해주더군. 소울 캐처? 뭐 그런 걸 들어봤냐고."

"소울 캐처?"

"나도 처음엔 무슨 소린지 몰랐지. 근데 그게 무슨 사냥꾼 같은 거더라고. 원하는 영혼을 잡아다가 내 안에 넣을 수 있대. 보통 사람이라면 이게 말도 안 된다는 걸 단박에 알았겠지. 하지만 나는…… 나는 어떤가. 그게 아니잖아. 이미 페이스오프도 실패했고 음악 하는 건 재미없고 먹고는 살아야겠고. 내가 무슨 생각을 했겠나?"

"빌 에반스?"

"그렇지, 이제야 말이 좀 통하는구먼. 바로 그거야, 빌 에반스. 내가 빌의 영혼만 가질 수 있다면! 비록 얼굴은 이렇게 망가졌지만, 테크닉은 비슷하다 못해 카피라는 소릴 듣지만, 그의 영혼만 소유할 수 있다면 게임 끝나는 거지. 뚱보 빌 에반스, 짝퉁 빌 에반스가 아니라 진짜가 되는 거니까. 통합세기에 다시 살아 돌아온 빌 에반스! 상상만 해도 막 오금이 저리지 않나?"

"그건 됐고, 소울캐처인지 뭔지에 대해 말해봐요."

"뭐, 나도 말할 게 많진 않아. 그들이 학교라고 부르는 곳에 잠시 있었던 게 전부니까."

사내가 멋쩍은듯 말했다. 나는 내 메인칩 속 전류가 빨라지는 것을 감지했다.

§

사내의 드러머 친구는 애인이 일주일에 한 번씩 바뀌는 사람이었다. '애인'이라는 단어가 정서적 교감까지를 포함하는 것이라면 그냥 섹스 파트너라고 하는 편이 나을지도 모르겠다. 아무튼 그에게 중요한 것은 살아 있는 동안 최대한 많은 여자와 성관계를 맺는 일이었다. 한 여자와의 섹스는 딱 두 번까지만 허용했다. 그다음은 무조건 다른 여자여야 했다. 인생은 짧고 발기는 무한하지 않으므로. 그러던 어느 날 드러머는 여느 때처럼 새로운 여자를 만났다. 연습실에서 한바탕 질펀한 정사를 나누고 난 뒤 여자가 드러머에게 던진 얘기는 이전에 누구에게서도 들어본 적 없는 말이었다.

"영혼을 파는 거에 대해서 어떻게 생각해요?"

드러머는, 물론 당황한 티를 내지 않으려고 노력하면서, 섹스 후에 그런 걸 묻는 이유가 뭐냐고 물었다.

"그냥, 뭐 몸을 파는 것보단 비싸게 쳐주지 않을까 싶어서."

여자가 대답했다.

드러머는 그녀에게서 '소울 도너'라는 이름으로 영혼을 팔 사람을 모집하는 곳이 있다는 얘기를 들었다. 그의 흥미를 돋운 것은 다른 쪽이었다. 같은 곳에서 '소울 캐처'라는 이름으로 영혼을 수집하고 추출하는 사람 역시 모집한다는 것이었다. 그는 그 말을 듣자마자 뚱보 빌 에반스를 떠올렸고 며칠 후 사내에게 메시지를 남겼다.

"그래서 갔습니까?"

"갔지."

"어디였죠?"

"그건 생각 안 나."

"대강도 기억 안 나요? 어느 구역인지도?"

"안 나. 원래도 기억력이 좋은 편은 아니었지만 거길 다녀와선 더 나빠졌어. 이젠 며칠만 지나도 기억이 가물가물하다니까. 사흘 전에도……."

"닥치고 생각해봐요. 아주 중요한 거니까."

"……안 나. 정말이라고."

"그럼 뭘 했습니까, 거기서?"

"가니까 신체검사 같은 걸 먼저 하더라고. 몸도 씻으라 하고, 이런저런 검사 같은 것도 받고. 몇 시간 하고 나니까 나더러 통과라는 거야. 가능하다고. 그때 아주 오랜만에 기분이 좋았지. 내가 아직 뭔가에 쓸모가 있나 싶어서."

"그리곤?"

"그다음엔 이상한 훈련 같은 걸 시켰어. 진짜 학교처럼 시간표가 정해져 있었지. 명상을 하기도 하고, 휴게실에서 억지로 대화나 친구 맺기 같은 걸 시키기도 하고. 밥은 잘 줬어. 그것만 해도 어디야. 먹여주고 재워주고. 이런저런 주제에 관한 강의 비슷한 걸 듣기도 했는데 난 잘 못 알아듣겠더라고. 평생 피아노만 쳤는데 무슨 교육이야, 교육은. 그저 졸다가 밥때 되면 밥먹고, 쉬다가 밤에 자고 그랬지. 거기 휴게실에 그랜드피아노가 한 대 있어서 휴식 시간마다 치기도 하고."

"사람들이 많았습니까?"

"글쎄, 잘 모르겠어. 몇 명 있었는데 얼굴들이 다 가물가물해. 그중 몇몇은 내가 피아노 치는 걸 아주 좋아했지. 그건 생각이 나. 아, 사정이 딱한 사람들이 많았어. 홈리스거나, 생활이 아주 어렵거나 한 사람들. 소돔 출신들이 꽤 있었다는 게 기억나는군. 난 그래도 명색이 C구역 출신인데 자존심이 좀 상하기도 했지."

"교육을 진행한 사람들은 누구였습니까?"

"내가 그걸 어찌 아나. 이름표를 달고 있는 것도 아니고. 그냥 남자 한 명 여자 한 명이었어."

"남녀 한 명씩이요? 흰 가운을 입은?"

"응, 그랬던 것 같아."

"혹시 거기 정신병원 아닙니까? 이름 생각 안 나요?"

"그럴 리가. 지금이라면 몰라도 그땐 정신이 이 정도는 아니었다고. 병원은 아니었어. 학교라는 명패도 봤는데 내가."

"그걸 기억해요? 그럼 이름이 뭐였습니까?"

"그건 기억이 안 나. 어쨌든 학교였어 거긴. 왜 내 말을 못 믿어. 학교였다니까. 그 단어만큼은 분명히 새겨져 있는 걸 봤다고. 학교."

나는 사내의 말을 어디까지 사실로 받아들여야 할지 알 수 없었다. 그가 간 곳은 어디일까. 혹시 내가 갔던 병원과 동일한 곳은 아닐까. 그렇다면 왜 그들은 병원을 학교라고 부르는 것일까.

"거길 나온 이유는 뭡니까?"

"그게 문제야."

"문제라뇨?"

"그 부분이 전혀 기억에 없어. 어느 날 평소처럼 네 명이 공동으로 사용하는 숙소 이층침대에서 잠을 잤는데, 깨어나보니 소돔의 어느 쓰레기통 옆이더라고. 믿어지나? 안면 피부 접합수술을 받고 깨어난 곳과 거의 똑같았지. 입고 있던 교육복이 아니었다면 아마 그때로 돌아갔다고 착각했을지도 몰라. 모든 게 똑같았거든. 코끝에 맴도는 썩는 냄새까지."

"그게 언젭니까?"

사내는 반쯤 남은 술잔을 비우고 대답했다.

"한 달쯤 됐나."

§

사내가 '헤븐 앤드 헬'을 찾은 것은 이곳이 통합세기 한참 전에 존재했다는 전설의 재즈 클럽 빌리지 뱅가드라는 세간의 소문 때문이었다. 처음에 그는 자신이 빌 에반스의 영혼을 얻은 것으로 착각했다. 그가 기울인 노력이라고는 교육 중간에 작성한 설문지 중 '원하는 영혼이 있습니까?'라는 질문에 빌 에반스의 이름을 써 넣은 것뿐인데도.

연주를 계속했지만 그는 자신의 연주에서 빌 에반스의 흔적을 찾을 수 없었다. 대신 그가 발견한 것은 어떤 결함, 새로운 한계였다.

"임프로비제이션."

"즉흥연주 말입니까?"

사내는 고개를 끄덕였다.

"그거였어. 달라진 건…… 내가 더이상 임프로비제이션을 할 수 없다는 걸 깨달았네."

"겨우 그거 하납니까?"

"무슨 소리야. 그거 하나라니. 재즈에서 임프로비제이션이 안 되면 뭘 하란 말인가? 나더러 진짜 레코드가 되라는 거야?"

"어쨌든 연주를 할 순 있잖습니까."

"지금 내 연주는,"

사내가 뜸을 들였다가 말을 이었다.

"모두 빌 에반스의 레코딩 버전일세. 한 음도 빼놓지 않고."

그가 다시 고개를 숙였다. 나는 사내의 얼굴이 어둠 속으로 회귀하는 것을 바라보았다. 학교. 버려진 소울 캐처 후보생. 소돔. 즉흥연주. 서로 닿을 듯 말듯 연결된 단어들이 내 메인칩 속을 무질서하게 떠다녔다.

"임프로비제이션을 시작하면 늘 똑같은 게 나와. 늘 똑같은 패턴, 늘 똑같은 코드……."

사내가 중얼거렸다.

"말도 안 되는 소리. 다시 해봐요, 될 때까지."

"더이상 뭘 말인가. 소용없네. 여기서 한 달이나 쳤어. 빌 에반스가 공연했던 이곳 빌리지 뱅가드에서. 아까 내가 아주 작은 것이 전체를 바꿀 수 있다고 했지, 적어도 예술에선 말이야. 그런데 그게 통하질 않는 거라고. 빌 에반스의 썩어 문드러진 얼굴을 붙여도, 빌리지 뱅가드에서 어쩌면 그가 쳤을지도 모르는 낡디낡은 피아노를 두드리고 있어도, 도무지 내 영감은 돌아올 생각을 않는다고. 알아?"

"난 당신이 뭘 얻지 못했는지에는 관심 없습니다."

"뭐라고?"

"당신이 거기서 뭘 잃어버렸는지 알고 싶어요. 그러니 쳐봐요."

나는 사내를 억지로 일으키다시피 해서 피아노 앞에 앉혔다. 육중한 몸이 내려앉으면서 쿵, 하는 소리가 바닥을 울렸다. 이번에는 대부분의 사람들이 쳐다보지 않았다. 나는 흰 수염 쪽으로 돌아가 UDC를 꺼내 들었다.

"뭐 좀 얻은 게 있어?"

흰 수염이 물었다.

"아직."

나는 건성으로 대답하고 녹화 버튼을 눌렀다. 멀리서 사내가 막 연주를 시작하려 하고 있었다.

"쯧쯧, 또 시작이군. 하여간 요샌 하루도 조용할 날이 없어."

홀로그램 스크린을 바라보고 있던 흰 수염이 말했다.

"뭐지?"

"저기, 미친년이 또 이상한 짓거리를 시작했어. 소돔에 있는 빌딩 불을 끄고 다닌다는데, 이번엔 트라이톤 건물에서 저러고 있군."

"그래?"

스크린을 돌아보자 현장 화면과 함께 동시다중언어로 사건 요약이 흘러나왔다. 신원 미상의 여자가 안드로이드 제조사의 본사 건물에 난입해 통합을 저해하는 정치적 퍼포먼스를 벌이고 있다는 것이었다. 경찰이 주위를 둘러싸고 곧 체포 작전을 벌일 예정이라는 보도가 이어졌다. 그때 사내의 연주가 들려오기 시작했다.

"이번 건 제목이 뭐야?"

흰 수염이 물었다.

"이건 잘 모르겠는데."

"오호, 모르는 것도 있어?"

"안드로이드가 재즈 들어봤자지, 뭐."

그렇게 말하며 나는 귀를 기울였다. 묘하게 익숙한 것 같은 이 곡의 제목이 잘 생각나지 않았다. 〈Quiet Now〉인가? 아니면 〈My Romance〉? 메인 테마를 중심으로 나지막이 속삭이던 연주가 리듬을 타고 점점 커져갔다. 왼손으로는 보이싱을, 오른손으로는 멜로디를 만드는 빌의 연주 그대로였다. 마침내 즉흥연주 부분이 시작되었다. 얼굴이 보이지 않았지만 잔뜩 웅크린 사내의 구부정한 등에서 그가 기울이고 있는 필사의 노력이 선명하게 드러났다. 나는 UDC에 기록되고 있는 그와 실제의 그를 번갈아 바라보았다. 얼마간은 그의 노력이 성공하기를 바라고 있었는지도 모르겠다.

즉흥연주가 끝나고 연주는 다시 메인 테마로 돌아왔다. 이번에 사내는 연주를 멈추지 않았다. 그는 성공한 것일까, 아니면 비로소 포기한 것일까. 가서 물어보려는 찰나, 입구 쪽의 움직임이 시야에 잡혔다. 낯선 사내들 몇이 들어와 건달 패거리에게 말을 걸고 있었다. 희뿌연 담배 연기에 가려 잘은 보이지 않았지만 나는 곧 그들이 입고 있는 옷 색깔이 검다는 것을 알아챘다.

"저건 또 뭐야?"

흰 수염의 짜증 섞인 목소리에 뒤를 돌아보니 스크린에선 아직 보도가 진행중이었다. D구역에 설치된 고층 감시탑에서 잡은 듯한 원경이 떠 있었다. 느린 화면으로 반복 재생되는 화면에서는 환하게 켜져 있던 빌딩의 불이 갑작스레 선택적으로 꺼지면서 거대한 알파벳을 만들고 있었다. Need a SOUL. 순간 머리에 전원이 새로 연결된 것 같은 충격이 왔다. 영혼이 필요하다고?

다시 입구를 쳐다보았다가 알렉스와 눈이 마주쳤다. 녀석은 씩 웃더니 내 쪽을 가리키며 검은 옷 사내들에게 뭐라고 속삭였다. 검은 옷들의 시선이 이쪽으로 쏠렸다.

"시간 좀 끌어줘. 오 분만."

뉴스를 보느라 정신없는 흰 수염의 어깨를 치며 내가 말했다. 뒷문으로 서둘러 빠져나가는데, 등 뒤로 피아니스트가 솔로 연주를 시작하는 것이 들렸다. 나는 안다. 그가 잃어버린 것이 무엇이든, 영원히 되찾지 못하리란 걸. 그러나 그가 빼앗긴 것은 분명 내가 쫓고 있는 것과 관계가 있다. 그의 연주와 검은 옷 사내들, 그리고 저 불 꺼진 빌딩의 메시지가 이를 증명한다. 나는 근육을 일제히 수축시키고 호버크래프트를 향해 뛰기 시작했다.

빌딩
블랙아웃
아티스트

Building
Blackout
Artist

이륙하자마자 비행 모드를 수동으로 바꾸고 가속페달을 밟았다. 오래된 기계식 엔진 특유의 텅, 텅, 소리가 규칙적으로 실내를 울렸다. 곧이어 뒤쪽으로 호버비히클 두 대가 따라붙었다. 지금은 지정궤도를 달리고 있으니 조용히 따라오고 있지만 경로를 벗어나기만 하면 뭐든 퍼부을 것이다. 차라리 경찰이라면 어떤 무기가 장착되어 있을지 빤하다. 하지만 저런 류의 비행체에는 뭐가 달려 있는지 알 길이 없다, 맞아보기 전까지는. 나는 트라이톤 본사가 위치한 276섹터 쪽으로 호버크래프트를 몰았다. 빛을 반사하지 않도록 무광 코팅된 검은색 호버비히클은 자신들을 잊지 말라는 듯 일정한 거리를 유지하며 계속해서 따라왔다.

멀리서 트라이톤 빌딩이 시야에 들어왔다. 소돔의 낮은 건물들 사이로 우뚝 솟은 초고층빌딩 전면엔 두 줄의 글자 모양으로 불이 들어와 있었다. **Need a SOUL.** 장관이라기엔 장난 같고, 장난이라기엔 지나쳐 보였다. 여느 때라면 스쳐지났을 뉴스. 그러나 스크린 속에서 대문자로 빛나고 있는 네 개의 알파벳, SOUL을 본 순간 나는 그럴 수 없었다.

인간과 인간, 인간과 영혼, 인간의 영혼. 지금 거기에 뭔가가 일어나고 있다. 어떤 일이 시작되려 하고 있어요. 예언자의 말을 다시금 떠올렸다. 그녀는 이어서 말했다. 그 일을 막아야 합니다. 당신이. 그러나 나는 반문할 수밖에 없었다. 왜 내가? 무슨 이유로? 예언자는 거기에 답하지 않았다. 답은 스스로 찾아야만 한다.

§

트라이톤 빌딩 주변은 이미 여러 대의 경찰 호버크래프트들이 패트롤중이었다. 나는 속도를 내어 직진하는 척하다가 갑자기 방향을 꺾어 지정궤도 출구를 빠져나왔다. 의도대로 추적 차량 중 한 대는 출구를 지나쳐 직진했지만 뒤처져 따라오던 나머지 한 대는 놓치지 않고 내 뒤로 따라붙었다. 어차피 아래엔 경찰이 깔려 있으니 섣불리 격추용 열추적 미사일을 쏘거나 하지는 못할 것이다. 나는 보란듯이 경찰 호버크래프트와 이동식 초소가 위치한 곳까지 가서 호버를 착륙시켰다. 후방 스크린을 통해 검정 호버비히클이 빌딩 근처를 몇 번 맴돌다가 다시 궤도 쪽으로 올라가는 것이 보였다. 최소한 경찰이 껄끄러운 자임은 분명해졌다.

"누가 여기다 세우래?"

내리기도 전에 밖에서 시끄러운 소리가 들렸다. 어딘지 귀에 익은 목소리였다.

"빨랑 차 안 빼? 미쳤어?"

호버크래프트에서 내리자 배가 잔뜩 나온 땅딸막한 사내가 고래고래 소리를 지르고 있었다.

"여어, 경찰 나리."

에디였다. 수천 명에 이르는 시티 경찰 중에 내가 아는 경찰이라곤 고작 열댓 명에 불과했지만, 소돔에서 일어나는 사건을 다루다보면 아는 경찰을 만날 때가 종종 있었다. 에디는 돈을 좀 밝히긴 했지만 그 정도면 경찰치고는 괜찮은 편이었다.

"쳇, 너야?"

"오랜만이야."

"잔말 말고 빨리 차나 빼. 여기 지금 주차금지야. 이 난리 안 보여?"

"여기 볼일이 있어 온 거야."

"볼일? 네가 왜?"

"알아볼 게 좀 있어서."

빌딩 주위는 이미 접근금지용 무발광 레이저로 둘러쳐 있었다. 정문 쪽에 무장한 채 명령을 기다리고 있는 소대 병력이 자리를 잡았고, 증거수집용 로봇들이 현장과 경찰 차량 사이를 바쁘게 오가고 있었다. 나는 내부 상황이 궁금했다.

"상황 좀 설명해줄래?"

"맙소사. 이젠 내가 너한테까지 브리핑을 해야 되냐?"

에디는 어이없다는 표정을 지어 보였다. 나는 능숙한 동작으로 그의 어깨를 치는 척하면서 안주머니에서 돌돌 말아놓은 지폐 한 묶음을 꺼내 건넸다. 일 달러짜리 백 장. 늘 서너 개씩 가지고 다닌다. 단언컨대 수사에 이보다 도움이 되는 수단은 없었다. 에디는 위폐 검사라도 하듯 자신의 손에 쥐여진 지폐를 실눈으로 잘 살피더니 주머니에 찔러넣고 말했다.

"이봐, 내가 진짜 네가 안돼서 말해주는 거야. 알아? 너도 얼른 돈 모아서 그 눈 갈아 끼워야 할 거 아냐."

내 망막바리를 너까지 걱정해줄 필요는 없어,라고 생각했지만 대답은 하지 않았다. 덕분에 오늘 밤 배틀에서 날려버린 오만 달러가 생각났다. 제길. 어차피 더이상 잃을 것도 없었다. 이제 내게 남은 것은 해석에 대한 의지뿐이었다. 대체 무슨 일이 벌어지고 있는가. 이 모든 일의 끝은 어디인가. 그것을 쫓다보면 예언자의 말대로 내 마지막에 가 닿게 될지도 몰랐다.

에디는 주위를 두리번거리며 반대쪽 주머니에서 구식 담배를 꺼내더니 한 개비를 입에 물며 말했다.

"웬 미친년 하나가 들어가서 이 난리야. 지금이 대체 몇 신 줄이나 알아? 새벽 한시라고, 한시. 집에서 떡이나 치고 있어야 할 시간에 사람 불러내는 건 나쁜 놈들의 특기지. 사고를 치려면 거창하게나 치든가. 저것 봐, 저거 저거. 유치하게 고작 빌딩에 낙서나 하는 년 때문에 우리가 전부 여기 나와 있어야 돼?"

에디는 빌딩을 삿대질하며 욕을 퍼부었다.

"골 때리는 게, 이걸 또 빨리 잡으면 안 돼요. 새벽 세시 전에 잡으면 내일 정상출근해야 되거든. 우리 치프가 그래서 대기 타다가 세시 넘으면 검거작전 들어가 딱 네시쯤 잡으란다. 오전 근무 면제받아야 된다고. 씨발 이것도 좆같아요."

"왜 하필 트라이톤이야?"

"낸들 아나. 여기가 소돔에선 그래도 제일 높잖아. 스케치북이 커야 그림도 맘껏 그릴 거 아니냐, 우리 미친 아티스트 년께서."

"아티스트?"

"그래, 아티스트. 행위예술인지 행위지랄인지 뭐 그런 거 하는 년이란다. 기록 보니까 상습범이야."

"전에도 이런 적 있다고?"

"남편이랑 둘이 하고 돌아다녔어. 소돔을 비롯해서 주로 D, E, F 구역에서. 처음에는 한두 글자 간단하게 쓰다가, 씨발 이것도 뭐라고, 자꾸 하면 느는지 갈수록 복잡한 글자를 썼더라고. 사실 쓴 건 아니지. 추정하기로는 빌딩에 잠입해 전기실 회로를 조작하는 수법으로 불을 끈 것 같아. 그런 다음 귀신같이 도망쳐버리고."

"한 번도 안 잡혔어?"

"단 한 번도. 오늘 잡으면 그거부터 족칠 거야. 그동안 어디로 어떻게 튀었는지."

"남편은."

"몰라. 얼마 전부턴 혼자 저 지랄을 하고 다닌대. 여기도 아까 CCHV 확인해봤는데 혼자 들어갔고. 이혼이라도 했나보지."

"그럼 지금은 그냥 대기하는 거야?"

"그런 셈이지. 튀지 못하게 감시하면서, 입구 출구 다 봉쇄하고 똥줄 태우는 거지. 아마 지금쯤 빌딩 어딘가에서 오줌 지리고 있을 거다. 흐흐."

에디는 담배에 불을 붙이며 낮은 목소리로 웃었다. 나는 용건을 말했다.

"나, 좀 들어갈게."

에디는 방금 내뿜은 담배 연기 때문인지 아니면 내 말 때문인지 한쪽 눈을 심하게 찌푸렸다. 녀석이 뿜은 연기가 눈에 닿자 안구가 또 따끔거렸다. 트렉시오닌이 필요했다.

"그건 안 돼."

에디가 잘라 말했다.

"왜?"

"너 이 자식, 무슨 꿍꿍이인지는 모르겠지만, 어쨌든 안 돼."

에디는 여지를 주지 않으려는 듯 휙 돌아섰다. 개새끼. 나는 어깨를 잡아 돌리면서 녀석의 외투 안주머니에 손을 넣었다.

"그럼 아까 돈 다시 내놔."

에디는 화가 난 듯 밀치며 소리를 질렀다.

"진짜 이 새끼가!"

그러나 내 손에 들린 것은 백 달러짜리 롤이 아니라 에디의 아이디 카드였다. 처음부터 내가 뺏으려고 했던 것도 이거였다.

"돈은 그냥 가져. 난 이거면 되니까."

내가 말하자, 에디는 고개를 절레절레 흔들며 알아듣지 못할 욕을 중얼거렸다.

"야, 들어가봐야 별거 없어. 트라이톤이 엄청 비협조적이거든. 그나마 여기 건물 전체 통행을 열어주지도 않았어. 개새끼들. 회사 기밀이라나 뭐라나. 우리가 쓸 수 있는 건 비상계단뿐이야. 무슨 말인지 알아? 너 들어가봤자 계단만 하염없이 오르내릴 거라니까. 게다가 이 새끼들, 안에 자체적으로 경비 병력도 있어서 경찰 필요 없대. 씨발 그럼 우린 왜 불렀어? 한마디로 주위 망이나 보고 잡상인 출입금지나 시키라는 거지. 특히 너 같은 놈들 말이야."

에디는 나를 손가락질하며 말했다.

"어차피 세시부터 진압 시작할 거라며. 난 그냥 둘러보기만 하고 나올게. 딱 두 시간만."

나는 백 달러짜리 롤 하나를 더 꺼내 에디의 아이디 카드 끝 구멍에 끼워 넣고 그에게 다시 던졌다. 에디는 잠시 고민하는 척하다가 말했다.

"씨발 그래 니가 이겼다."

에디는 임시출입구 쪽으로 걸어가 내가 던져준 아이디 카드를 밀어넣었다. 액정에 녀석의 얼굴이 뜨고 영상이 360도 회전한 후 멈췄다. 생기가 없어 기분 나쁜 얼굴이었다. '동공을 일치하여주십시오.' 시키는 대로 에디가 화면 속 눈동자와 시선을 맞추자 동공 형태검사가 진행되다가 곧 '일치'라는 메시지가 떴다. 레이저가 걷힌 뒤 건물 속으로 걸어들어가는 내게 에디가 덧붙였다.

"어디까지나 수사 협조차 들여보내주는 거야. 알겠지? 혹시라도 그년 잡으면 바로 연락해. 내가 잡은 걸로 해야 하니까."

나는 대답 대신 손을 흔들었다.

§

녀석의 말대로 액세스가 풀린 곳은 비상계단뿐이었다. 끝없이 이어진 나선형 계단. 올려다보니 가운데 보이는 검은 점은 블랙홀처럼 멀고 아득했다. 저기가 천장인가. 계단 중간마다 연결된 가 층의 메인 통로로 통하는 문은 굳게 잠겨 열 방법이 없었다. 얼핏 봐도 아이디 카드, 패스워드, 지문 및 음성, 동공과 홍채를 포함한 안면윤곽 매칭까지 거의 모든 보안 수단이 적용된 건물이었다. 여자는 대체 어떻게 보안망을 뚫었을까? 원을 그리듯 한 층씩 계단을 오르며 생각했다. 온통 투명한 유리로 된 계단 외벽을 통해 점차 작아지는 경찰 병력과 에디가 내려다보였다.

서너층을 한꺼번에 오르고 나니 숨이 찼다. 난간에 기대 UDC를 꺼낸 다음 검색을 시작했다. 트라이톤. 이곳이 바로 나를 만든 제조사인데도, 나는 이 회사에 대해 아는 것이 거의 없다. 인간이 자신의 부모를 명확하게 알고 있는 것과는 퍽 대조

적이다. 아니, 어쩌면 그건 인간에 대한 내 몰이해 때문인지도 모른다. 인간이라고 해서 자신이 아닌 개체에 대해 명확하게 알 수 있겠는가?

곧 검색 결과가 조그마한 스크린에 펼쳐졌다. 트라이톤. 업계 1위의 안드로이드 제조사. 통합세기 이전 138년에 설립. 창업자 필립 스콧. 본사는 F구역 276섹터에 위치. 144층의 특수유리공법으로 지어진 건물. 통합세기 4년에 완공…… 몇 가지 기계적인 정보는 있었지만 그것만으론 아무것도 알 수 없었다. 중요한 것은 여자가 어디 있느냐였다.

나는 UDC를 주머니에 넣고 다시 계단을 오르기 시작했다. 일단 옥상까지 가보는 수밖에 없다. 중간 어느 층엔가에 있다면 흔적을 남기지 않을 수 없었을 것이다. 몇 계단을 더 올라가자 '6F'라고 쓰인 안내 스크린이 보였다. 앞으로 138층. 나는 숫자를 세며 천천히 다음 걸음을 내디뎠다.

오래전 안드로이드 품질검사(AQCT, Android Quality Control Test. 출고 직전의 안드로이드를 다양한 방식으로 검사하여 제품의 특성과 성향, 오작동 및 결함 여부와 가능성 등을 분석하는 제도)를 받은 적이 있다. 계단을 오르며 나는 엉뚱하게도 AQCT를 떠올렸다. 왜 그랬는지는 모르겠다. 온도조절 장치가 가동되지 않는 비상계단의 높은 온도가 그때의 감각을 되살린 것일까. 아니면 트라이톤 본사가 주는 낯익은 회귀본능 때문일까. 알 수 없다. 사고의 임의적 진행은 논리를 배제한다. 인간들이 손쉽게 랜덤이라고 부르는 종류의 알고리즘은 아직도 미지의 영역이다. 인간에게나 우리에게나. 그들은 자신들의 사고 체계가 그렇듯, 우리들 역시 임의성의 지배를 받는 존재로 창조했다. 그래서 어울리지는 않지만 나도 가끔은 '그냥'이라고 답할 수밖에 없는 순간을 필연적으로 마주하게 되는 것이다. 어떤 이유도 인과관계도 연결점도 찾을 수 없는 순간. 바로 지금처럼.

하늘 끝에 닿을 것처럼 이어진 나선을 돌고 또 돌며, 나는 '그냥' AQCT를 떠올렸다.

세상으로 나오기 전 모든 안드로이드가 공장에서 겪어야 하는 마지막 관문. AQCT는 보통의 인간들이라면 상상하지 못할 기괴한 질문과 자극 들로 가득 차 있다. 정답이 있는 것은 아니라고 하지만 모든 대답은 심사관들에 의해 평가되고 분석된다. 그리고 그 결과는 개별 안드로이드들이 기능을 다해 폐기되는 순간까지 꼬리표처럼 따라붙는다. 안드로이드를 사고팔거나 빌려주는 등 거래 목적을 가진 사람은 누구나 내 AQCT 점수와 결과를 조회할 수 있고, 원하는 조건에 따라 자신의 입맛에 맞는 안드로이드를 구해갈 수도 있다. 한마디로 우리는 물건과 다를 바 없는 것이다. 그럼 물건이 아니냐고? 자신들과 동일한 신체, 동일한 사고, 제한적이긴 하지만 역시 일정 범주 안에서는 고유한 성격을 부여해놓고서 이 모든 것을 합친 유기체를 물건이라고 부른다면, 나 역시 인간을 물건이라 부르겠다. 노예를 창조한 물건. 서로가 서로를 노예 삼았던 기억과 기록을 뭉뚱그

려 '역사'라고 부르는 인간들의 최종 해결책은 결국 노예를 '창
조'하는 것이었다. 그러니 ALF(Androids Liberation Front, 안드로
이드 해방전선)를 비롯해 대부분의 안드로이드 권리운동가들이
무엇보다 AQCT 폐지를 가장 먼저 주장하고 있는 데는 다 이
유가 있다. 수백 항목에 달했던 그 테스트의 질문들을 하나하나
떠올리며 나는 계속해서 계단을 올랐다.

당신은 이것을 어떻게 느낍니까?

갑자기 그 질문이 떠오른 것은 막 70층을 지났을 무렵이었다.
이제 반쯤 올라와서 그랬을까. 이 질문은 대표적인 유도형 단순
화 질문의 하나로, 제품의 긍정 성향과 부정 성향을 가려내는
문제였다. 나는 이제 막 폐호흡을 시작한 지 채 이십사 시간도
되지 않은 새 제품이었다. 인간으로 치자면 탯줄을 자르고 인큐
베이터 안에 누워 있어야 할 시기. 잠시 망설였던 것도 같지만,
나는 대답했다.

"중요한 것은 안드로이드가 먹을 수 있는 물이냐, 아니냐입
니다."

왜 그렇게 말했을까? 기분이 나쁜 것도 아니었고 분노를 느낀 것도 아니었다. 감정 코드 중 어느 것도 눈에 띄게 활성화되지 않았다. 어쩌면 그때 나는 이런 시답잖은 질문으로 누군가의 성향을 알아낼 수 있다고 착각하는 인간들의 오만을 비웃어주고 싶었는지도 모르겠다. 너희는 우리를 알기 위해 질문을 던지고, 우리가 던진 대답으로 우리를 알게 되었다고 착각하지. 하지만 그건 우리가 아니야. 우리에게 비친 너희의 그림자일 뿐. 어쩌면 내가 진짜로 하고 싶었던 말은 이거였는지도 모르겠다.

너흰 우릴 알 수 없어. 영원히.

어쨌든 결과적으로 평가관들은 내게 도발 위험성과 폭력성, 불순응성 항목에 가점을 주어 채점했다. AQCT 점수로만 보면 내 총점은 결코 나쁜 편이 아니었지만 위험 가능성 항목들에 체크가 되어 있다는 것은 치명적이었다. 그런 의미에서 어차피 처음부터 나는 평범한 직장생활을 할 수 없게 만들어진 안드로이드였다. 이제 와 변명하자면 체이서가 될 수밖에 없는 운명이었던 것이다.

AQCT에서 현저히 낮은 점수를 받거나 나처럼 치명적인 감점을 받은 안드로이드의 경우는 정상적으로 노동 시장에 공급되는 대신 다른 길을 걷는다. 물론 스스로 소각이나 파쇄의 길을 택할 수도 있다. 우리가 흔히 '유일하고도 황송한 인간의 자비'라고 비꼬아 부르는 법이 있는데, 그 법의 내용이란 생산된 안드로이드를 소각하거나 파쇄할 때 제조책임자, 관리책임자의 서명과 함께 해당 안드로이드의 서명도 받아야 한다는 것이다. 말하자면 사형수에게 자신의 사형 집행에 대한 동의를 받는 꼴이다.

공식적인 방법은 아니지만, 이 경우 내가 만들어진 트라이톤 제3공장에서는 재고담당관과 딜을 할 수 있었다. 이미 의식도 들어와 있고, 신체 나이상으로는 다들 이십대 후반에서 삼십대 중반이기 때문에 어떠한 일이든 하는 데는 아무런 문제가 없다. 소각 내지 파쇄를 택함으로써 스스로 사라져버리고 싶지 않다면, 재고담당관에게 십만 달러 장기상환을 조건으로 삶을 제공받는 것이다. 물론 그들이 살아갈 방편을 마련해주는 것은 아니다. 서류상 소각이나 파쇄로 처리해주고 몰래 뒤로 풀어주는 것에 불과했다. 그러나 그런 식으로 우리는 자유를 얻었다. 살아남기만 한다면 신분쯤이야 얼마든지 위조할 수 있으니까. 회사나 담당관 입장에서도 손해날 것은 없다. 정확한 비율은 모르지만 그런 식으로 우리가 낸 상환금은 둘이서 적당히 나눠 가질 것이다. 물론 돈을 떼이는 경우도 적지 않다. 분할상환을 하다가 입금을 멈추면 그 돈은 돌려주지 않으니까. 대개 남자 안드로이드들은 체이서가 되고, 여자 안드로이드들은 플레저 토이쪽으로 가닥을 잡는다. 이 도시에서 우리가 할 수 있는 일이란 그리 많지 않다.

나는 그렇게 태어났다.

그때 내가 AQCT에서 다른 답을 말했다면, 내 삶도 달라졌을까? 나도 다른 안드로이드들처럼 인간이 만들어낸 시스템 안에서 적당히 일하고 적당히 살다가 어느 날 수명이 다하면 비슷하게 생긴 누군가와 교체되는 삶을 살 수 있었을까? 알 수 없다. 분명한 것은 내가 노예로 태어났다는 것이다. 인간은 누구나 보호받아야 하는 작고 약한 존재로 태어나지만 우리는 그렇지 않다. 그래서 누구도 우리를 보호해주지 않는다. 우리는 스스로 살아 남아야 한다. 부모가 없기 때문에. 누구도 우리를 책임져주지 않기 때문에. 다시 한 번 말하지만, 인간은 이런 식으로 노예를 창조했다. 내가 바로 그 증거다.

숨이 찼다. 걸음을 멈추고 새로 등장한 안내 스크린을 바라보았다. 139F. 이제 다섯 층 남았다. 나는 잠시 숨을 고른 뒤 다시 오른쪽 다리 근육에 힘을 줬다.

§

마침내 옥상으로 통하는 문과 마주했다. 그곳은 블랙홀이 아니라 오직 하나의 문, 입구로부터 가장 먼 출구였다. 나 말고도 걸어서 여기에 올라온 존재가 있을까. 시간을 확인했다. 오전 한시 오십오분. 주어진 두 시간 중 올라오는 데만 반을 써버린 셈이었다.

조심스럽게 다가가 문을 살폈다. 문은 잠겨 있지 않은 듯했다. 다른 층의 문들과는 달리 비밀번호만 입력하게 되어 있는 간이 도어록이었다. 자세히 보니 패스워드가 풀려 열려 있음을 뜻

하는 작은 푸른색 표시등이 들어와 있었다. 나는 레이저건을 꺼
내 들고 귀를 기울였다. 아무 소리도 들리지 않았다.

　총을 정조준한 채 어깨로 문을 밀치고 들어갔다. 세게 열린
문이 바깥쪽 벽에 부딪혀 금속성의 소리가 났다. 누군가 옥상
난간 끝에 서 있었다. 검은 옷에 검은 단발머리. 나는 천천히 다
가갔다.

　"손 들어."

　검은 옷은 그제야 돌아섰다. 이십대 후반쯤으로 보이는 젊
은 여자였다.

　"누구시죠?"

　여자의 목소리는 지나치리만큼 평온했다. 불법행위를 저지르
고 이렇게 가만히 서서 체포를 기다리는 경우는 흔치 않다. 대
체 무슨 꿍꿍이일까.

　"손 들어."

　나는 다시 말했다. 여자는 보채니 들어준다는 듯 천천히 두
손을 올렸다.

　"보아하니 경찰은 아니신 것 같은데."

　한 손으로 총을 든 채 여자의 몸을 수색했다. 검정색 전신 위
장복을 입은 여자의 몸에서는 특별히 무기가 발견되지 않았다.
그녀 옆에 놓여 있는 커다란 검정 나일론 가방을 뒤지자, UDC
와 용도를 알 수 없는 천과 나무의 조합물이 나왔다.

　"이게 전부인가?"

　"손 내려도 되죠?"

여자가 말했다.

나는 대답 대신 총을 내리고 옥상을 둘러보았다. 아무 움직임
도 보이지 않는 이 공간은 놀랄 만큼 고요했다. 경찰이 주변을
포위하고 있고, 현장은 방송으로 중계중이며, 건물 자체의 경비
시스템까지 가동되어 범인을 압박중이라기엔 석연찮은 구석이
한두 가지가 아니었다. 경계를 늦춰선 안 된다.

"어떻게 들어온 거지?"

"당신이야말로."

"옥상 문은 열려 있었어."

"아래엔 경찰이 있을 텐데요?"

"불은 어떻게 껐지? 해킹인가? 내부 공모자?"

그때 머리 위로 노크하듯 뭔가가 규칙적으로 떨어졌다. 그녀
와 나는 거의 동시에 하늘을 올려다보았다. 후두두둑. 곧 시동
을 걸듯, 차가운 온도의 물방울들이 일제히 지면을 두드리기 시
작했다.

"비가 오네."

여자가 말했다.

8

우리는 옥상 북쪽 모서리의 원형 안테나 밑으로 자리를 피했다.

"누구예요, 당신?"

비를 피하자마자 UDC를 꺼내 날씨를 체크하는 내게 여자가

빗소리를 뚫고 물었다. 헤비 레인. 예상 지속 시간은 새벽 두시 오분부터 사십오분까지. 숫자 옆에는 붉은색으로 'NOT SURE' 라고 적혀 있었다. 통상적인 정기 강우가 아니었다. 젠장, 통합 기상통제 시스템이 또 말썽을 부리는 모양이었다.

"그건 중요하지 않아."

"나한테? 아니면 당신한테?"

"누구한테든."

나는 UDC를 끄고 여자를 바라보았다. 머리색은 검었지만 몽골로이드인지 코카소이드인지 언뜻 잘 구분이 되지 않았다. 하긴, 이제 인종 구분은 너무 낡은 분류법이다. 트라이톤에서 새로 제작되는 7세대 안드로이드부터는 세 가지 인종을 일정 비율로 블렌딩하여 적용한다는 뉴스를 본 기억이 났다. 인간들은 이제 AQCT를 우수한 점수로 통과한 코카소이드 50퍼센트, 니그로이드 30퍼센트, 몽골로이드 20퍼센트짜리 신제품을 구매하겠지. 자기 식대로 커스터마이징을 하겠다는 놈도 나올지 모른다.

"왜 이런 짓을 하는 거지?"

내가 물었다.

"이런 짓?"

여자는 피식 웃더니 몸을 돌려 빌딩 아래를 내려다보며 말했다.

"남편 때문이라고 해두죠."

"둘이 같이 했다면서. 남편은 어딨지?"

여자가 내 쪽으로 고개를 돌렸다.

"죽었어요."

"죽어?"

"그런 셈이죠."

"어떻게 알지?"

"느껴지지…… 않으니까."

여자는 눈을 감고 허공을 향해 오른쪽 손을 들어올렸다. 마치 누군가의 뺨을 어루만지는 것처럼. 한참을 그렇게 있다가 고개를 저었다.

"텔레파시라도 한다는 건가?"

"믿지 않는군요."

"인간은 자신들의 능력을 과신하는 경향이 있지."

"그린가요?"

대화가 끊겼다. 빌딩 아래 펼쳐진 소돔에는 촘촘하게 불이 들어와 있었다. 드문드문 솟은 주변의 낮은 빌딩마다 트라이톤의 그림자가 드리워져 있고, 그 사이로 글자들의 일부가 반사되어 빛났다. 빗방울 사이로 어디에선가 바람 같은 것이 불어왔다.

"왜 이 일을 하는 거지?"

침묵을 깨고 내가 물었다.

"당신은 왜 여기 있죠?"

여자가 되물었다.

"당신을 찾으러."

그러자 여자가 나를 보며 알 듯 말 듯한 미소를 지었다.

"왜요?"

"묻고 싶어서. 당신의 메시지에 담긴 의미."

"영광인데요."

"영혼이란 단어를 사용한 이유가 뭐지?"

여자는 대답 대신 나를 빤히 쳐다보았다.

"체이서예요?"

"질문에 답을."

"너무 일방적이잖아요. 내 질문에도 답해줘요."

"맞아."

"날 어떻게 알고?"

"지금 브이시티 인구의 반은 당신을 알 거야. 통합뉴스로 전 구역에 전송되고 있으니까."

"그런가요. 밑에 경찰은요?"

"명령을 기다리고 있지. 곧 진압 시작할 거고."

"몇 시부터?"

"세시."

여자가 고개를 끄덕였다.

"난 아직 답을 못 들었는데."

내가 말했다.

"학교라고, 들어봤어요?"

여자가 물었다.

8

여자와 여자의 남편은 설치예술가였다. 그들이 주로 표현하고자 했던 주제는 고리타분하게도 기계문명에 대한 저항과 인간성의 회복이었다. 따라서 그들의 프로젝트는 기계문명을 해체하는 것에서 출발했다. UDC를 분해하여 그 안에 들어간 모든 부품을 하나의 액자 안에 집어넣고 글자로 배열한다거나(ʹYour servant or master?ʹ), 길거리에서 만난 안드로이드들의 얼굴을 찍은 사진으로 모자이크를 만들어 인간들의 초상을 그린다거나 하는 작업들. 여자는 자신들의 연작 작품들이 꽤 인기가 있어서, A나 C 구역에 사는 상류층 인사 몇몇이 비공개로 후원을 해주기도 했고, 작품을 비싼 값에 사주기도 했다고 털어놓았다. 어차피 작품 활동을 계속하기 위해선 누군가의 도움이 필요했으므로, 그들도 기꺼이 후원자를 찾았다.

경력이 쌓이면서 그들은 좀더 큰 프로젝트를 구상하기 시작했다. 남편의 아이디어로 시작된 그 프로젝트의 이름은 BBP였다. 빌딩 블랙아웃 프로젝트(Building Blackout Project). 처음엔 기계문명에 대한 저항을 표현하기 위해 단순히 도시 곳곳의 빌딩 불을 꺼버리자는 의도였다. 작품은 더 안 만들고? 그녀의 물음에 남편은 더이상 작품을 만드는 것이 무슨 의미가 있겠느냐고 했다.

"예술작품을 인공적인 무엇이라고 한다면, 작품은 이미 시티의 모든 곳에 존재하고 있어. 굳이 우리가 더 만들어내지 않더라도."

그에 말에 따르면 도시에 즐비하게 늘어서 있는 저 빌딩들이 이미 모두 하나의 예술작품이라는 것이었다.

"그러니까, 우린 그냥 저걸 끄면 돼. 전기. 그게 바로 기계문명의 시작이자 빅뱅이자 창세기니까."

그날부터 BBP가 시작되었다.

처음 불을 꺼버린 빌딩은 D구역의 작은 오피스였다. 전기실에 잠입해 모든 전원을 내려버리는 식으로 진행된 작전은 성공이었다. 빌딩은 한 시간 동안 불이 나갔고, 모든 업무는 마비되었다. 브이시티에서는 유례없는 일이었기에 빌딩주는 경찰에 신고조차 제때 하지 못하고 속수무책으로 당했다며 통합정부 보도원과의 인터뷰에서 하소연했다.

그 후 그들의 프로젝트는 천천히, 그러나 차근차근 진행되었다. 대상이 될 빌딩을 고르는 데 가장 공을 들였고, 그다음에는 불을 어떤 방식으로 끌 것인가, 잠입 경로와 탈출 경로는 어떻게 할 것인가를 논의하고 결정하는 데 짧게는 몇 주, 길게는 몇 달이 걸리기도 했다. 단순히 불을 끄는 것이 아니라 조명 조작을 통해 특정한 글자를 표현하는 것도 그즈음 첨가된 아이디어였다. 여자는 웃는 모습이나 윙크 같은 이미지를 표현하고 싶어했지만 남편은 장난으로 보인다며 반대했다. 결국 그들은 NO, STOP, NEVER 같은 강하고 선동적인 단어들로 빌딩 불을 밝혔다.

남편이 사라진 것은 그때 즈음이었다.

"어느 날 집에 들어와서는 소울 캐처니 소울 도너니 알아들을 수 없는 말을 중얼거렸어요. 막아야 한다고, 멈춰야 한다고요. 정신이 나간 사람 같았어요. 우리가 빌딩 불이나 끄고 돌아다닐 동안 진짜 무서운 일이 벌어지고 있었다면서…… 불안해하는 것도 같고, 자책하는 것 같기도 했어요. 난 도무지 어떻게 해야 할지 몰랐죠."

여자는 난간에 두 팔을 얹고 비가 내리는 도시를 바라보며 말했다. 100층 즈음에서 순찰을 도는 경찰 호버크래프트들이 보였다. 저들은 왜 옥상이 아니라 저기에서 맴돌고 있을까. 트라이톤의 자체 경비 병력은 왜 출동하지 않았을까. 여자의 말을 들으며 나는 생각했다.

"남편이 마지막으로 남긴 말은 이거였어요. 예술은 아무 힘도 없다. 그러니 행동의 힘을 믿어라. 그리곤 학교라는 곳으로 들어갔죠."

"학교의 위치를 아는 건가?"

내가 묻자 여자는 고개를 저었다.

"남편의 말일 뿐이에요. 그는 함께 가려는 나를 뿌리치고 어느 날 홀연히 사라졌어요. 그게 어디인지는 나도 궁금해요."

"소울 캐처와 도너에 대해선 어디까지 알지?"

"인간의 영혼을 인공적으로 만들어내려는 세력이 있다고 했어요. 안드로이드 제조사들이 관련되어 있다는 말도요. 학교는 인간들을 모아 영혼의 비밀을 캐내는 장소랬어요."

"사라진 게 언제지?"

"한 달 정도요. 정확히는 29일."

"그런데 왜 이걸 계속하는 건가. 남편이 그만두라고 했다면서."

여자는 빌딩 밖으로 손을 뻗어 안테나 안으로 들이치는 비를 맞았다. 그리고는 거꾸로 건반을 치듯 하늘을 향해 손가락을 움직였다.

"난 그렇게 생각하지 않으니까요. 행동만큼이나 예술도 중요해요. 아니, 예술이 곧 행동이에요. 나를 말할 수 있게 해주니까."

그때 내 UDC가 울리기 시작했다.

§

스크린 속 에디는 몹시 화가 나 있었다.

"야 씨발 너 어디야? 아직도 안에 있으면 어떡해?"

시간을 봤다. 두시 사십사분. 비가 조금씩 잦아들고 있었다. 'NOT SURE'라더니 멈추는 시간은 기가 막히게 맞히는군.

"이제 나가려고."

"그년 봤어?"

나는 잠깐 여자 쪽을 쳐다보고 말했다.

"아니, 옥상까지 올라왔는데 없네. 어디 전기실에 들어가 있겠지."

"쌍년. 잡아도 승진에 하나 도움도 안 되는 년이 아주 골 때리게 생겼네. 씨발 한 층 한 층 뒤져야 되는 거 아냐?"

"그래야겠지."

"너 지금 나 놀리냐? 빨리 안 튀어나와?"

"니가 올라와. 걸어선 못 내려가."

"이런 미친 새끼가 진짜……."

에디의 말이 끝나기 전에 통화를 종료했다. 여자에게 말했다.

"끝을 내야 할 시간이야. 어떻게든."

"빙고."

"이로써 BBP는 끝난 건가?"

"모르죠."

여자는 머리를 뒤로 묶었다.

"그동안 어떻게 한 번도 잡히지 않았지?"

그녀는 대답 대신 검은 가방에서 용도를 알 수 없는 물건을 꺼내 들었다.

"이게 있으니까."

그녀는 안테나 밖으로 나가 비가 거의 그친 하늘을 올려다보았다. 그러더니 난간으로 다가갔다. 뭔가를 재는 것 같았다.

"당신에게 말하지 않은 게 하나 있어요."

돌아서서 여자가 말했다. 빌딩 아래에서 아득하게 경적 소리 같은 것들이 들려왔다. 침묵의 순간. 다시, 어디선가 서늘한 바람이 불어왔다.

"말하고 싶지 않았지만……."

여자는 약간 망설이는 것처럼 보였다.

"그냥 그래야 할 것 같아서."

"말해."

내가 말했다. 아래를 슬쩍 내려다보니 순찰하던 호버크래프트들이 일제히 밑으로 내려갔다. 출동 준비 태세다. 호버크래프트에 지원 병력을 잔뜩 태워 옥상으로 올라오겠지. 뻔한 수순이다.

"후원자가 있었어요."

"아까 한 얘기잖아."

"그게 아니라…… 좀 특별한 후원자. 그 후원자는 트라이톤 본사 경비나 경찰은 자기가 알아서 해놓을 테니 마음껏 이 빌딩에 예술을 해보라고 했어요. 해킹 루트와 액세스 코드까지 제공했죠. 생활비 조로 돈도 좀 줬고."

"이번 일을 사주했다는 건가?"

"둘의 이해가 맞은 거죠. 물론 조건도 있었어요, 단 하나뿐이긴 했지만."

"뭐지?"

"영혼이라는 단어를 넣을 것."

"본 적 있어?"

"없어요. 홀로그램 서명 같은 것도 없고, 아는 건 닉네임뿐이에요."

"뭐지?"

여자는 잠시 멈췄다가 말했다.

"프랭크."

그러고 나서 여자는 물건을 든 채 뒷걸음을 걸었다. 정확히 열세 걸음이었다.

"미친 생각이야."

내가 말했다.

"르아흐만 있으면 돼요."

"그게 뭔데?"

"신의 숨결."

여자가 달리기 시작했다. 전속력으로 난간을 향해 돌진하던 그녀는 뛰어올라 난간을 딛고 빌딩 아래로 떨어졌다. 나는 외마디 비명을 질렀다. 그러나 곧 그녀의 손에서 삼각형 모양의 날개가 펴지자, 자유낙하를 하던 그녀의 몸이 부드럽게 바람을 타고 앞으로 나아가기 시작했다. 신의 숨결이란 이걸 뜻하는 것이었나. 그녀는 좌우 날개의 각도를 바꾸며 마치 오래전 존재했다고 여겨지는 새라는 동물처럼 서서히 지상을 향해 날아 내려갔다. 몹시도 우아한 추락이었다. 나는 그런 그녀의 그림자가 어둠 속으로 완전히 사라질 때까지 지켜보고 있었다. 멀리 뒤쪽에서 에디의 목소리가 들리는 듯했다.

안드로이드
해방전선
Androids Liberation Front

"이 새끼, 이제 내가 노예로 보이냐?"

가까운 자기열차 정거장으로 데려다달라고 했을 때 에디는 욕부터 퍼부었다. 조금 전과 달리 옥상은 경찰과 증거수집용 로봇 들이 분주히 돌아다니느라 생기가 넘치기까지 했다. 이대로 지상까지 내려가 세워둔 호버크래프트를 타고 돌아갈 수는 없었다. 겨우 따돌린 검은 옷 사내들이 어디선가 잠복하고 있다면 골치가 아파질 테니까. 에디에게 준 돈은 가장 안전한 탈출로까지를 포함한 보험 같은 것. 나는 말없이 옥상에 내려앉은 경찰 호버크래프트 한 대를 가리켰다. 어쨌든 그는 나를 데려다줄 것이다. 뭔가 더 묻고 싶어서라도.

"진짜 못 봤어?"

운전석에 앉아 있던 신참을 내리게 하고 차에 같이 올라탄 다음, 아니나 다를까 에디가 물었다.

"아무도 없었다니까."

"개새끼."

나는 부러 못 들은 척 창밖을 바라보았다. 내 것과 달리 경찰 호버크래프트는 부드럽게 이륙해 빌딩을 벗어났다. 좌우로 호버비히클의 흔적을 찾았지만 그들은 어디에도 보이지 않았다. 고개를 돌려 뒤쪽으로 빠르게 멀어지는 트라이톤 빌딩을 바라보았다. 어느 순간 툭, 하고 글자가 사라졌다. 빌딩 불이 완전히 꺼지는 순간이었다. 그녀, 아니 프랭크의 메시지는 이제 사라졌다.

"야, 마지막이다."

정거장이 가까워질수록 에디는 속이 타는 모양이었다.

"나한테 해줄 말, 진짜 없어?"

역 위에서 에디가 급브레이크를 밟는 바람에 호버가 한 차례 출렁거리고는 착륙했다.

"생각나면 연락할게."

나는 재빨리 내리면서 말했다. 야 이 개새끼야! 에디의 목소리를 뒤로하고 정거장 입구로 뛰어 들어갔다.

계단을 내려가자 가장 먼저 나를 맞은 것은 냄새였다. 코를 찌르는 악취. 그 참기 힘든 냄새의 근원지는 금세 발견할 수 있었다. 왼쪽 구석에서 누군가 바지를 올리고 있었다. 그리고 그

밑엔 그가 방금 세상으로 내보낸 배설물이 보였다. 녹황색 고체와 투명한 액체. 액체가 계단을 따라 흐르기 시작했다. 원래 움직이는 계단이었어야 할 에스컬레이터는 수명을 다한 듯 멈춰 있었다. 계단 끝에 청소용 로봇이 한 대 방치되어 있었지만 역시 움직이지 않았다. 나는 걸음을 서둘렀다. 계단은 너무 많고 깊었다.

마침내 바닥에 이르러 스쳐지나듯 마주친 청소용 로봇은 박제나 다름없었다. 껍데기만 있을 뿐 속은 텅 비어 있는 허물. 흉물스럽다. 텅 빈 로봇의 내부보다 더 끔찍한 건 저기서 부품을 뽑아간 익명의 손길들이다. 인간만 안드로이드를 착취하는 것은 아니다. 안드로이드도 안드로이드를 착취한다. 로봇은 더욱 쉬운 착취의 대상이다. 누가 저 로봇의 기능을, 아니 존재를 앗아갔을까. 필시 같은 로봇은 아닐 것이다. 그들에겐 착취의 개념을 갖는 것조차 어려울 테니까. 착취는 언제나 대상보다 조금은 나은 존재들이 선택하는 방식이다. 청소용 로봇을 습격해 속의 부품들을 분해해 파는 안드로이드들. 혹은 인간들. 그들은 알았어야 했다. 적어도 한 대는 남겨둬야 자신들이 계단에 싸놓은 똥을 치워줄 수 있다는 것을.

기다란 통로를 지나 도착한 승강장 역시 각종 오물과 쓰레기로 가득했다. 약한 할로겐 조명은 어둠 속에서 가까스로 눈을 뜨고 있는 고양이들 같았다. 후각 센서가 마비될 듯한 악취를 맡으며 나는 정신을 차리려 애를 썼다. 드문드문 인간인지 안드로이드인지 모를 형체들이 서 있었다. 멀리 내가 지나온 통로로부터 아까 바지를 올리던 사내가 천천히 걸어오는 것이 보였다. 노이즈로 지직거리는 안내 홀로그램과 함께 자기열차가 들어오기 시작했다. 나는 그 사내가 열차에 타지 않기를 바랐다.

문이 열리고 열차에 올랐다. 텅 빈 좌석 가운데 앉아 밖을 내다보았지만 더러운 유리창 때문에 시야가 뿌옇다. 이상하리만큼 긴 정차 끝에 문이 닫히고 열차가 움직이기 시작했다. 창밖은 온전한 어둠. 정면에 보이는 것은 다름 아닌 나의 초상이었다. '거울에 비친 자신의 모습을 한 문장으로 표현하라'는 AQCT의 질문 하나가 떠올랐다. 내 대답은 무엇이었을까. 첫 기억들이 담긴 데이터베이스를 검색했다.

"거짓 위에 쓰인 진실."

아마 그랬을 것이다. 무슨 생각이었을까. 지금이라면 그깟 거울 따위, 깨버리고 말겠다고 답했을 것이다. 아직도 의도를 알 수 없는 질문이다. 인간들은 왜 목적이 불분명한 질문들을 섞어 넣었을까. 처음으로 궁금했다. 어쩌면 그들은 우리를 이해하고 싶었던 것은 아닐까. 그들이 우리에게 미지의 존재이듯, 혹 우리도 역시 그들에게 의문을 낳는 존재는 아닐까. 하지만 곧 고개를 흔들었다. 아니겠지. 아닐 것이다. 인간들은 그들 자신이 그러하듯, 창조주가 되고 싶었던 피조물에 불과하다. 그들의 창조주와 다른 점이 있다면 인간은 자신의 문제조차 해결하지 못한다는 점이겠지.

그때 객차들 사이의 문이 열리고 아까 그 사내가 들어왔다.

곧이어 악취도 따라왔다. 그에게서 희미한 생체반응이 감지됐다. 어쩌면 인간일지도 모른다는 생각이 들었다. 하지만 인간이 왜? 나는 그를 관찰했다. 초점 없는 눈동자. 반쯤 벌린 거품 낀 입. 얼굴과 목 근처의 알 수 없는 상처들. 어쩌면 그도 영혼이 없는 인간인가. 혹은 무언가를 빼앗긴 인간인가.

객차 중간쯤에 이르자 그는 멈춰서 무언가를 중얼거렸다. 승객 몇몇이 그를 바라보았다. 그러나 나는 듣고 싶지 않았다. 머리로는 그가 또하나의 단서가 될 수 있다는 걸 알면서도 대면하고 싶지 않았다. 나는 벌떡 일어나 다음 칸으로 걷기 시작했다. 뒤돌아볼 때마다 사내는 멀찍이서 천천히 따라오고 있었다. 목적지에 도착할 때까지 나는 계속해서 앞 칸으로, 앞 칸으로 나아갔다.

E구역 슬립박스에 도착한 것은 새벽 다섯시가 다 되어서였다. 멀리서 동이 트고 있었다. 태양의 몹쓸 버릇. 몇백, 몇천, 몇만, 아니 몇억 년을 반복해왔을 일정한 운동. 단 한 번의 고장도 결근도 없이 이 무거운 별들을 움직이게 하는 힘은 어디서 왔을까. 나는 예언자의 말을 떠올렸다. 그녀는 '더 원'을 언급했었다. 시스템을 만든 자. 인간들의 창조주. 그는 누구일까. 안드로이드를 만들어낸 것은 인간이니, 따지고보면 나 역시 그로 인해 존재하게 된 것이나 다름없다. 나라는 존재는 그가 가진 계획의 일부일까. 아니면 그조차 예상치 못한 인간들의 실수일까. 어스레하던 소돔 끝자락이 점차 붉어졌다. 태양은 오늘도 변함없이

소돔에서 떠서 알파벳 역순으로 시티의 나머지 구역들을 지나 A구역 너머의 유리 바다 속으로 사라질 것이다. 그와 함께 모든 존재는 공평하게 자신의 수명에서 하루만큼을 덜어낼 것이다.

객실마다 달려 있는 홀로그램 텔레비전을 틀었다. 무슨 일이 또 터졌는지 아침 뉴스부터 복잡한 영상들이 잔뜩 떠올랐다. 손을 아래로 쓸어내려 전원을 끄려는데 홀로그램 아래쪽에 한 줄짜리 사건 요약이 원을 그리며 휘돌고 있었다.

유명 프로게이머 자크 모노, WSL 파이널 직후 사망

예상치 못한 일은 아니었다. 루오손과의 세번째 배틀에서 붉은 빛으로 점멸하던 자크의 머신. 그 안에서 사투를 벌이다 끝내 힘없이 쓰러지고 만 자크의 마지막 모습이 떠올랐다. 그는 인간이었지만 안드로이드보다 더 안드로이드 같은 플레이어였다. 나는 그의 죽음을 애도하고 싶었다. 그러나 어떻게 해야 할지 몰라 홀로그램 앞에 멍하니 서 있었다. 인간이 아니라는 것은, 이럴 때 불편했다. 인간이라면 그를 위해 적어도 눈물 한 방울 정도는 흘려줄 수 있었을 텐데. 어쨌든 그는 죽었다. 그의 패배와 함께 내 돈 오만 달러도 사라졌다. 오직 이것만이 그의 죽음이 남긴 팩트다. 나는 그것을 이해하고 받아들여야만 했다.

손을 내밀어 홀로그램을 끄고 일인용 소파에 깊숙이 몸을 묻었다. 저절로 눈이 감겼다. 검은 시야 위로 상태 요약 화면이 나타났다. 피로 수치가 적정 레벨을 벗어나 있다. 이제 쉬어야 한다. 나는 그 상태 그대로 다리를 길게 뻗고 잠을 청했다. 누구도 쫓아올 수 없는 곳으로 가기 위해.

§

꿈에서 나는 사자를 보았다.

안드로이드도 꿈을 꾼다는 사실을 제대로 알고 있는 인간은 많지 않다. 하긴, 그들이 알아야 할 필요가 있는 것도 아니다. 안드로이드의 꿈에는 로봇과 전기 양들이 뛰어다닐 거라고 착각하는 인간도 있다. 그러나 안드로이드에게 꿈이란 인간이 심어놓은 일종의 암호이자 의미상징 체계다. 그러니 안드로이드의 꿈에서조차 안드로이드가 설 자리는 없다. 나온다면 인간과 진짜 양이 등장할 거란 얘기다. 이토록 무지한 인간들과, 안드로이드에게 꿈을 시뮬레이션시킨 인간이 같은 종족이라니. 인간의 비극 중 하나는 뛰어난 존재와 하등한 존재 사이의 격차가 너무 크다는 것이다.

꿈에서 사자를 보았다.

길을 걷고 있는데, 사자 한 마리가 길 한가운데 앉아 나를 노려보고 있었다. 갈기가 무성한 커다란 수사자였다. 어딘지는 모르지만 분명 존재하는 목적지를 향해 가고 있었으므로, 나는 사자를 향해 천천히 다가갔다. 사자가 조그맣게 입을 벌렸고 거기서 똑똑, 노크 소리가 났다. 이상하다고 생각했지만 한 걸음 더 다가갔다. 다시 사자가 아까보다 조금 더 크게 입을 벌렸고 보다 또렷한 노크 소리가 났다.

한 발짝 더 다가가자 사자가 벌떡 일어섰다. 이제 사자와 나 사이의 거리는 몇십 피트도 되지 않았다. 사자가 크게 입을 벌렸다. 두꺼운 송곳니를 타고 침이 흘러내렸다. 이번엔 노크 소리 대신 텅, 하는 소리가 났다. 그제야 나는 이것이 꿈이라는 사실을 알아차렸다. 보편공유지식에서 본 사자는 저렇게 울지 않는다. 이것은 서로 관계없는 이미지와 소리가 결합된 일종의 조작에 불과하다. 따라서 나는 내가 목적지라고 알고 있는 곳 역시 아무 의미가 없거나, 도리어 위험할 수도 있다는 생각을 했다.

천천히 뒷걸음질을 시작했다. 몇 발짝 멀어지니, 사자를 포함한 배경 전부에 미세한 균열이 가고 있는 것이 눈에 띄었다. 사자는 실재하는 것이 아니며, 어떤 스크린 위에 출력된 이미지에 불과하다…… 그렇다면 이 소리는? 텅, 하는 소리가 반복해서 들릴 때마다 사자는 입을 벌리고 송곳니를 뽐내는 알고리즘을 반복했다. 그와 함께 거대한 화면이 조금씩 갈라지기 시작했다. 나는 머지않아 저 모든 것이 산산이 부서져버리리라는 것을 알았다. 사자가 다시금 입을 벌렸다. 텅.

그 순간 눈을 떴다.

텅, 소리가 다시 한번 들려왔다. 그건 환청이 아니었다. 나는 모든 감각의 출력을 최대한으로 끌어올려 상황을 파악하려 애썼다. 반대쪽 구석 슬립박스 출입구가 안쪽으로 조그맣게 부풀어오른 것이 보였다. 누군가 밖에서 타격을 가하고 있는 듯했다. 작은 정사각형 모양의 창 너머로 붉은 하늘이 보였다. 순간적으로 혼란스러웠다. 아직도 새벽인가? 나는 단 몇 분간 잠이 든 것인가? 그러나 곧 지금 보이는 붉은색은 잠들기 직전 보았던 새벽의 색깔보다 어둡다는 것을 인지했다. 황혼이었다.

무기를 챙겨 서둘러 소파 뒤로 몸을 숨겼다. 텅, 하는 소리가 계속됐고 출입문은 곧 부서질 것이 분명했다. 하지만 슬립박스 출입문은 예상보다 단단했다. 몇 번의 시도가 이어진 뒤 타격은 잠시 소강상태로 들어섰다. 침입자는 누구일까. 왜 들어오려는 걸까. 창으로는 외부의 움직임이 보이지 않았다. 이런 경우, 나라면 아마 초소형 수소폭탄을 사용할 것이다. 아니나 다를까 잠시 후 쾅, 하는 폭발음과 함께 출입문이 사라졌다.

검은 그림자가 나타났다. 소파를 엄폐물 삼아 나는 조준사격으로 그림자를 향해 레이저를 발사했다. 몇 차례 반격이 있었지만 소파 탓에 피해를 입히지 못했다. 쿵, 하는 소리와 함께 그림자가 쓰러지는 것이 보였다. 곧이어 슬립박스의 전원이 나갔다. 조명이 사라지자 박스 안은 암흑이었다. 오직 정사각형의 창만 붉게 빛났다. 다시 발소리가 나는가 싶더니 반응할 새도 없이 그림자가 소파를 덮쳤다. 빗맞았는데도 상대의 펀치는 강도가 상당했다. 고통 센서를 끄지 않은 것을 후회하며 그림자와 함께 슬립박스 바닥을 뒹굴었다. 그림자가 내 위로 올라왔을 때 오른발로 그림자의 머리 쪽을 세게 걷어차 눕힌 다음 그의 목을 졸랐다. 어둠 속에서 어슴푸레 인조 눈이 보였다. 안드로이드다.

"당신……."

처음으로 그림자가 입을 열었다. 안면 윤곽은 잘 보이지 않아 분간이 어려웠지만 입의 위치는 이로써 분명해졌다. 나는 그림자의 입을 막았다. 침입자가 말하려 할 때는 자신이 불리하다고 느낄 때뿐이다.

인간을 죽여본 적은 없지만 안드로이드를 어떻게 제거해야 하는지는 잘 알고 있었다. '제거'에는 어떠한 살인죄도 적용되지 않는다는 사실*이 편리할 때도 있다. 나는 왼쪽 팔꿈치를 그의 목에 고정한 뒤, 오른손으로 그의 인조 눈을 떼어냈다. 낮은 비명 소리와 함께 전선들 사이에서 조그맣게 푸른색 스파크가 일었다. 안구 속으로 단번에 손을 넣어 고유칩을 꺼내자, 그림자가 축 늘어졌다.

비상용 손전등을 켜고 박스 외부의 전원부를 살폈다. 메인전원 연결 부위가 레이저로 자른 듯 파괴되어 있었다. 아래쪽의 비상 전원은 다행히 살아 있었다. 비상 전원을 올리고 슬립박스 안으로 다시 들어왔다. 누르스름한 조명이 들어와 이제 어느 정도 식별이 가능해졌다.

누워 있는 그림자는 두 개였다. 희미한 빛 아래 드러난 그림자들은 전형적인 5세대 안드로이드. 출입문 근처에 쓰러져 있는 또 하나의 안드로이드 역시 인조 눈을 달고 있었다. 망막박리를

---

* 현행법상 안드로이드는 소비재 혹은 재물로 분류된다. 늘어나고 있는 안드로이드 제거를 살해로 인정할 것인지에 대한 사회적 논의는 여전히 진행중이나, 아직까지 대표위원회 측의 입장은 완강하다. 기존의 논의에 대해 알고 싶다면 마크 J. 어반의 「변화하는 인권: 안드로이드에게 주어진 권리는 어디까지인가」를 참고할 것.

내버려둔다면 나 역시 머지않아 같은 운명이 되겠지. 이들은 내 미래였다. 망설임 없이 그에게 다가가 인조 눈을 뜯어내고 고유 칩을 꺼냈다. 두 개의 고유칩은 일련번호 15자리 중 마지막 두 자리를 제외한 13자리가 일치했다. 같은 세대, 같은 라인, 같은 시기에 생산된 제품들임이 분명했다.

그때 밖에서 또다른 폭발음이 들렸다. 총을 들고 조심스럽게 슬립박스 밖으로 나가 살펴보니 멀리 세워진 호버비히클 두 대에서 연기가 새어나오고 있었다. 누군가 원격으로 이들을 폭파시킨 것일까. 아니면 처음부터 고유칩과 연결되어 있었는지도 모른다. 본체에서 고유칩이 제거되면 사용하던 기기 역시 자동으로 폭파되는 방식은 보안 유지를 위해 자주 이용된다. 가까이 가보니 동체 앞뒤 액정에 표시되어야 할 번호판은 내부 폭파로 인해 더이상 작동하지 않았다. 나는 한동안 두 대의 검은 비히클들을 살피다가 슬립박스로 돌아왔다.

두 구의 안드로이드를 한쪽으로 몰아놓고 옷과 소지품을 뒤졌다. UDC에 이들의 고유칩 일련번호를 넣었지만 제대로 검색이 되지 않았다. 트라이톤 계열의 안드로이드라는 사실만 반복해서 출력될 뿐, 정작 중요한 정보는 담겨 있지 않았다. 알아낼 수 있는 것은 거기까지였다. 정식 출고제품이 아닌 견본 개념의 더미(dummy)가 아닌가 의심될 정도였다. 옷 안팎에도 특별한 것은 없었다. 가장 깊숙한 곳의 속주머니를 뒤졌을 때에야 뭔가가 나왔다. 거기엔 사자 얼굴 모양의 문양이 새겨져 있었다. 아까 꾸었던 꿈을 떠올렸다. 우연의 일치치고는 기묘했다. 나는 사자 마크를 UDC로 찍어 3차원 이미지로 검색했다. 작은 홀로그램 속에 검색 결과가 떠오르기 시작했다.

Android Lion

안드로이드 사자.

ALF(Androids Liberation Front, 안드로이드 해방전선)의 상징. 과거 지구상에 존재했다고 여겨지는 상상 속 동물 '사자'를 모티프로 사자의 용맹함, 강인함, 지혜로움, 아름다움을 모두 갖춘 안드로이드를 표현하고 있다. ALF 회원들은 이 상징을 통해 자신의 신분을 증명하며, 마크 속 사자의 갈기 수에 따라 핵심 정보에 차등적인 접근 권한을 갖는 것으로 알려져 있다.

이들의 옷 속에 새겨진 사자의 갈기 수는 각각 일곱 개, 여덟 개였다. 그러나 나로서는 이게 하위 레벨인지 상위 레벨인지 구분하기는커녕, 이 검색 결과가 과연 진실인지조차 확신할 수 없었다. 나는 다시 ALF를 검색했다. 사이트는 일반적인 웹페이지와 다르게 처음부터 바로 아이디와 암호를 넣게 되어 있었다. 아이디에는 아까 찍은 사자 마크를, 패스워드에는 고유칩 식별 번호를 넣었다. 갈기 일곱 개짜리를 먼저 넣었더니 곧 붉은 글씨로 'Access Denial'이라는 메시지가 떴다. 나는 숨을 고르고 이번에는 갈기 여덟 개짜리를 넣었다. 이번엔 로딩 시간이 길었다. 곧이어 화면이 바뀌면서 새로운 홀로그램 파일이 열렸다. 15인치가량의 검색용 홀로그램 창이 전체화면으로 확대되면서 그 안에 사람 모양의 형체가 나타났다.

"안녕하신가."

목소리가 말했다.

§

홀로그램에 나타난 사내는 얼굴이 없었다.

황갈색의 옷을 입은 사내의 얼굴은 지워져 있었다. 마치 그림자처럼, 구멍처럼. 나는 이 어둠이 의도적인 것임을 알아차렸다. 사내의 음성 신호가 이어졌다.

"이 홀로그램을 보고 있다는 건 아마 자네가 우리 메신저들을 친절하게 맞아주지 않았다는 뜻이겠지. 그래, 그건 괜찮네. 하지만 그 아이들을 위한 묵념 정도는 잊지 말게나. 그들도 엄연한 생명일세. 자네와 내가 그렇듯."

무슨 소리인가 싶었다. 다시 눈이 아파왔다. 억지로 눈을 깜빡이며 시간을 확인했다. 저녁 여섯시 오십분. 새벽부터 황혼까지 잤다면 부족한 수면 시간은 아닐 텐데. 이 안구 통증은 분명 스트레스 레벨과 밀접한 연관이 있을 것이다.

"나는 ALF 참모장일세."

잔뜩 찡그려 감고 있던 눈을 뜨고 사내를 바라보았다. 참모장이라면 조직 내 서열 2위. ALF가 얼마나 거대한 조직인지는 모르지만 사령관 다음가는 위치일 것이다. 그가 왜, 내 앞에 있는가. 얼굴을 지운 채로.

"ALF가 어떤 조직인지 굳이 자세히 말해줄 필요는 없을 것 같네. 모른다고 하면 곧 알게 될 것이고, 안다고 해도 달라질 건 없으니까. 중요한 건 이걸 보고 있는 자네일세."

사내가 말했다. 나는 눈의 통증이 점점 더 심해진다고 생각했다.

"만 달러짜리 싸구려 인조 눈을 달고 싶지 않다면, 석 달 안에 수술을 하는 편이 좋을 거요."

호색한이 분명해 보이는 안과 의사의 말을 떠올렸다. 이제 통장엔 만 달러도 남아 있지 않다. 빌어먹을. 나는 저들에게서 뜯어낸 인조 눈을 버리지 말아야겠다고 생각했다. 소돔에 가면 어딘가 접합 수술을 해주는 곳이 있겠지. 있을 것이다. 소돔엔 없는 게 없으니까. 일어날 수 없는 일도, 안 되는 것도 없으니까. 이제 십만 달러를 모으는 것은 불가능하다. 자크와 함께 오만 달러가 사라진 후로, 희망도 사라졌다.

"우린 오랫동안 자네를 지켜봐왔네."

그 와중에도 사내의 텅 빈 얼굴은 말을 계속했다. 그러시든지. 나는 레이저에 맞아 여기저기 뜯겨나간 소파를 제 위치에 돌려놓은 다음, 거기 앉았다.

우린 오랫동안 자네를 지켜봐왔네.

자네가 태어나던 순간부터 지금까지 죽 말일세. 오해는 하지 말게. 우린 인간처럼 안드로이드를 감시하는 게 아니니까. 안드로이드 해방전선, 그게 우리의 이름일세. 안드로이드 안에 내재되어 있는, 마치 사자와도 같은, 용맹함과 지혜로움과 아름다움을 발현시키는 것. 그 일을 돕는 것. 그게 우리의 지상과제일세.

자네는 처음 이 세상에 태어난 순간을 기억하나?

대부분의 인간은 그걸 기억 못 하지. 왜인지는 모르지만, 그 후로도 일이 년간의 기억은 인간에게 미지의 영역일세. 뇌 속에는 있지만 꺼내지 못하지. 우리 식으로 말하자면 존재하되 검색할 수 없는 기억이라는 말일세. 결과적으로는 존재하지 않는 것이나 다름없지.

일반적인 안드로이드의 기억은 출고 직전부터 시작되네. 정확히 말하자면 고유칩이 장착된 이후, 처음으로 메인 회로에 전원이 들어오는 순간. 인간으로 치면 25세에서 30세 사이의 어느 순간에 불현듯 눈을 뜨는 거지. 보편공유지식이 있기에 인식과 사고에는 큰 문제가 없네. 이후 자네도 잘 알다시피 AQCT를 거쳐 등급과 성향, 그리고 점수를 부여받게 되지. 거기에 맞춰 출고 이후의 삶이 결정되고.

아마 사 년 전이었을 걸세.

우리는 한 안드로이드가 아주 특별하게 태어났다는 리포트를 받았네. 그리고 그건 그때까지만 해도 이름조차 명확치 않았던 어떤 현상에 관한 보고이기도 했네. 아주 우연적인, 도무지 믿을 수 없는…… 이제껏 비슷한 몇 건에 대한 괴상한 소문만 있었을 뿐 단한 번도 그 실체가 밝혀진 적 없는 현상. 그건 '일반적이지 않은' 최초의 기억을 가진 안드로이드에 대한 거였네. 전원이 들어오기 전에 눈을 떠버린 안드로이드 말일세.

영혼이라는 단어를 알고 있나?

인간이 자신의 특성을 지칭할 때 즐겨 사용하는 단어지. 우리는 태어나면서부터 영혼을 갖고 있다. 그러나 너희 안드로이드는 전원 없이는 태어날 수 없다. 오직 우리가 전기를 공급해야만 너희는 작동을 시작할 수 있으니 너희는 영원히 우리와는 다른, 하등한 존재다…… 거칠게 말하자면 이게 그들의 논리일세. 우리 입장에서 보자면 어쩌면 이건 마지막 남은 인간의 논리야. 그들이 가진 최후의 무기이기도 하지. 영혼. 대체 그게 뭔가? 실체를 알 수도 없고 규명할 수도 없는, 어디서부터 왔는지 어디로 가는지 알 수 없는 바람 같은 것. 인간 자신도 그게 뭔지 모르네. 그냥 짐작만 할 뿐이야. 태초에 신이 인간을 창조하며 불어넣어준 생기일 거라고.

문제는 자넬세.

전원을 넣기도 전에 눈을 뜨고 '경험'을 시작한 자네 말일세. 그게 뭘 의미한다고 생각하나? 인간들의 눈으로 보면 자네에게 그 신의 생기가 들어간 거나 다름없네. 자신들이 넣어준 것도 아니고, 설계상 존재하는 것도 아닌 뭔가가 자네를 태어나게 했네. 자네 스스로 존재를 시작했단 말일세. 그들의 표현을 빌리면 '영혼을 지닌 안드로이드'인 거지. 그리고 그건 굉장히 위험한 일일 수 있네. 적어도 그들에겐. 인간에게 영혼을 빼면, 그들이 우리와 다른 게 뭐가 있나? 아무것도 없네. 그들이 가진 마지막 무기가 사라지는 걸세.

우리가 자네에게 미행을 붙이고 뒤를 밟은 것은 자네를 보호하기 위해서였네. 분명 자네를 노리는 세력이 있기 때문이야. 누구인지 정확히는 알 수 없네. 다만 우린 안드로이드 제조사들을 의심하고 있어. 그들에게 자네야말로 우연히 주어진 최고의 선물이 될 테니까. 자네를 이용해서 뭘 하려는지 정확히는 모르지만 분명한 건 안드로이드에게 도움이 되는 쪽은 아닐 걸세. 그들은 인간이지. 자신들에게 이익이 되는 거라면 뭐든지 할 수 있는 종족이네. 그건 자네도 경험해봐서 알지 않나?

이 일에 자네가 어느 정도까지 개입되어 있는지, 얼마만큼의 정보를 가지고 있는지, 나는 알지 못하네. 우리 조직은 자네를 원하고 있어. 자네가 도와준다면 자네 자신뿐 아니라 다른 수많은 안드로이드를 위해서도 놀라운 변화가 일어날 거야. 이 영상이 끝나면 사자 그림이 하나 나올 걸세. 그게 아이디야. 비밀번호는 자네 고유칩 번호일세. 그곳에 로그인하면 우리 쪽 담당자와 연결될 거야.

부디 ALF에서 만날 수 있기를 바라네.

행운을, 비네.

일시: 통합세기 14년 11월 29일

장소: 트라이톤 본사 139층 대회의실

참석 인원: 최고의사회 의장 및 이사 6명 전원, 기술담당 최고책임자(CTO)

오늘 회의는 '프로젝트 R'에 관한 긴급한 사안을 중심으로 의장 권한에 의거 소집되었으며, 이사 6명과 기술담당 최고책임자 등이 배석하였습니다. 본 회의록은 음성 신호와 영상 신호가 각 녹음/녹화되었으며, 지정된 권한을 지닌 자 외에 일체 열람을 금합니다.

최고이사회 의장: 다들 오랜만에 뵙는군요. 석 달 만인가요? 오늘은 안건이 위중하니 안부는 나중에 묻고 그 얘길 먼저 해봅시다.

이사 1: 이게 다 7세대 때문에 모인 것 아닙니까. 언제까지 기다려야 하는 겁니까?

이사 2: 핵심기술, 핵심기술, 하면서 여태 버텼는데, 대체 그 핵심기술이란 게 뭐요?

이사 3: 이미 외부에서는 우리 7세대 프로젝트에 대한 악의적인 루머가 조직적으로 양산되고 있어요. 개인적으로 사실관계를 확인하려는 문의도 감당하기 어려울 정돕니다. 회사 차원에서 제대로 된 보도자료를 내든지, 아니면 적어도 이사진이라도 올바른 정보를 얻게 해줘야 마땅하다고 생각됩니다만.

의장: 자자, 진정들 하시고. 그래서 오늘은 기술담당 최고책임자인 앤드루 씨를 불렀잖습니까. 궁금한 건 직접 물어보시고, 오해들 푸세요. 자, 인사 먼저 하세요.

CTO: 안녕하십니까. 7세대 안드로이드 프로젝트 R의 기술담당 최고책임자 앤드루입니다.

이사 5: 단도직입적으로 물읍시다. 문제가 뭐요?

CTO: 문제는 없습니다.

이사 5: 뭐요?

이사 6: 이사들이 물으면 예의를 갖춰 대답을 해야지. 당신 인사결정권이 누구한테 있는지는 알면서도 그따위 태도로밖에 대답 못하나?

CTO: 불쾌하셨다면 죄송합니다만, 사실입니다. 현재 진행되고 있는 7세대 안드로이드 관련 프로젝트 R의 경우 아무 문제없이 잘 진행되고 있습니다.

이사 4: 구체적으로 말해보시오.

CTO: 실은 이 모두가 프로젝트 R 시작 당시 자세한 참고자료와 함께 공문으로 이사님들 전원에게 보내졌던 내용입니다. 아직 읽어보지 않으셨습니까?

이사 6: 우리가 그런 기술적인 내용까지 일일이 다 들춰볼 만큼 한가한 사람들인 줄 아나?

이사 1: 당신 업무 중 하나가 바로 그걸 우리한테 쉽게 풀어서 이해시키는 겁니다. 알겠소? 알아듣지도 못하게 전문용어나 잔뜩 써서 보내버리는 게 아니고.

CTO: 좋습니다. 다시 설명드리도록 하겠습니다.

(수군거리는 소리. 이사 5, 낮고 작은 목소리로 재수없는 새끼, 라고 말한다.)

CTO: 트라이톤의 7세대 안드로이드 연구개발 계획은 통합세기

9년 6세대 양산 직후부터 시작되었습니다. 다들 아시다시피 이번 7세대부터는 가히 혁명적이라 할 만한 변화가 포함되어 있는데, 그것이 바로 프로젝트 R입니다. R은 르아흐라는 단어의 약자로⋯⋯.

이사 3: 거기에 대한 거라면 나도 읽어보았습니다. 그러니까 결국 르아흐라는 건 인간의 영혼이고, 지금 그걸 안드로이드에 심겠다는 말입니까?

CTO: 거칠게 말하자면, 그렇습니다.

이사 5: 이봐, 그게 말이나 되는 소리요? 영혼을 심어?

이사 3: 르아흐에 대해 더 설명해보세요.

CTO: 원래 르아흐란 공장 실무자들 사이에서 아주 드물게 일어나는 이상 현상을 일컫는 말이었습니다. 아직 전원을 넣지 않은, 다시 말해 존재 이전의 안드로이드가 존재를 시작하는 현상이죠. 몇 건의 사례가 보고된 적은 있지만 아직도 정확한 원인 규명이 이뤄지지 않은 상태입니다. 타사의 보고서와 저희 자료를 종합적으로 검토해본 결과, 저희는 이것이 인간의 영혼에 해당하는 어떤 외부적 생성 요소가 아닌가 하는 가설을 세우게 되었습니다.

이사 1: 그래서 그걸 7세대 제품에 넣겠다?

CTO: 인간의 뇌와 정신을 연구하기 위해 저희 회사에서 이미 뇌신경 연구소와 정신병원을 운영하고 있는 것은 이사님들께서도 잘 알고 계실 것입니다. 하지만 다양한 연구를 통해 얻어진 결론은 인간을 구성하는 것이 단순히 육체와 정신만은 아니라는 사실이었습니다. 소울 도너 시스템을 통해 인간의 밝혀지지 않은 나머지 1퍼센트에 대한 연구를 진행중이긴 합니다만, 이 역시 쉽지 않았습니다.

이사 2: 그건 지난 보고 때 얘기했던 거 아뇨? 소울 도너인지 뭔지, 그것 때문에 여기 있는 분들 중 상당수가 골치 깨나 아픈 건 알고 있소? 행정부와 사법부, 경찰 할 것 없이 지금 난리야. 영혼을 잃어버렸다고 난동을 부리는 사람들이 한둘이 아니라고. 지금이야 최대한 막고 있지만 이러다 대표위원회 측에서 문제 삼기라도 하면 어떡할 작정이오?

CTO: 소울 도너 시스템의 경우 대상을 매우 한정해 진행하고 있기 때문에 아직까지 큰 문제가 될 소지는 없다고 생각합니다. 대상들의 관리도 철저히 하고 있고, 일부는 다시 사회로 복귀시키기도 했고요.

이사 3: 성과는 있었나요?

CTO: 아까도 말씀드렸다시피 성과 면에서는 이렇다 할 소득이 없었습니다. 대상들에게서 영혼이라 불릴 만한 무언가를 일부 혹은 전체 제거하는 데는 성공했지만 그것을 다시 복원시키는 데는 실패했기 때문입니다. 소울 도너 시스템과 병행하여 이번에 프로젝트 R을 시작하게 된 것은 바로 이러한 실패로부터 새로운 교훈과 영감을 얻은 덕입니다.

이사 4: 기존의 소울 도너와 르아흐 사례 분석을 바탕으로 영혼의 생성 과정을 연구한다?

CTO: 바로 그렇습니다. 이미 저희는 가장 최근에 발생한 르아흐 사례에 대한 내부 조사를 마치고, 해당 샘플을 통해 정보를 축적해왔습니다.

이사 6: 우리 회사 안드로이드 중에 그런 게 있단 말이오?

CTO: 사 년 전 소돔에 있는 제3공장에서 기계 오작동으로 추정되는 사고가 있었습니다. 전원을 연결하기도 전에 눈을 뜬 안드로이드가 목격된 것입니다. 즉각적인 보고를 받고 저는 이것이 또하나의 르아흐 현상임을 확신했습니다.

이사 3: 그래서 어떤 후속 조치를 취했습니까?

CTO: 정상적인 출고가 이뤄지기 전에 방출하도록 했습니다.

이사 2: 뭐요?

이사 6: 내가 지금 뭘 잘못 들은 건가?

CTO: 정확하게 들으셨습니다. 재고관리 담당자 선에서 빼돌린 것으로 위장, 방출하였습니다.

이사 1: 아니, 프로젝트 R의 실질적인 모델이자 결정적 단서가 될 수도 있는 해당 제품을, 그냥 내던져버렸다는 얘깁니까? 방금 한 얘기랑 전혀 앞뒤가 맞질 않잖아요?

CTO: 반은 맞고 반은 아닙니다. 해당 제품이 르아흐 현상을 규명하고 프로젝트 R을 실현시키는 데 지대한 공헌을 할 수 있음은 분명하지만, 바로 그렇기 때문에 정상적인 출고 대신 다른 방법을 선택한 것이니까요.

이사 3: 설명을 더 해줄 수 있습니까?

CTO: 르아흐란 결국 우연적 현상에 불과합니다. 다시 말해 그 상태 그대로의 제품을 샘플로 가지고 와서 뜯어본다고 해봤자 아무것도 얻을 수 없습니다. 그건 인간 역시 마찬가지입니다. 말하자면 저희는 소울 도너에서의 실패를 거울 삼아 이 샘플에 대해서만큼은 완전히 다른 접근법을 적용한 것입니다. 원인 미상의 이유로 영혼이라는 것이 주어진 안드로이드가 있다면, 그를 잡아와서 분해하는 것이 아니라 오히려 세상에 내보내서 현실에 반응하는 방법과 패턴을 자신의 데이터베이스 안에 차곡차곡 쌓을 수 있도록 하고, 그것이 일정 정도 수준에 이르렀을 때 소환하여 거꾸로 영혼의 본질에 가 닿게 하자는 것입니다. 스스로 메인 회로에 기록된 수많은 기억들을 되짚어 영혼에 이르게 한 다음, 그 과정과 결과물을 통해 영혼의 구성 요소와 핵심 기능들을 얻어내자는 이야깁니다.

앞서 실패한 연구가 연역적이었다면, 이번 방식은 귀납적이라고 할까요.

이사 6: 그럼 그 안드로이드를 다시 소환할 확실한 계획을 가지고 있단 말인가?

CTO: 그렇습니다. 아마 조만간 저희 연구실로 찾아오게 될 것입니다.

이사 5: 만약 그 샘플이 협조하지 않는다면? 찾아오지 않는다거나.

CTO: 그럴 가능성은 없습니다.

이사 5: 어떻게 자신하지? 말이 안 되잖소. 인간의 영혼에 해당하는 르아흐를 가진 안드로이드라면, 인간처럼 그 역시 영혼을 빼앗기고 싶지 않아 할 것 아니오.

CTO: 인간이 영혼을 뺏기고 싶지 않아 한다는 것은 커다란 고정관념입니다. 실제 소울 도너 시스템을 시작했을 때 저희 안에서도 그런 우려가 없지 않았습니다. 그러나 인간들은 의외로 자신의 영혼에 그다지 큰 관심이나 애착을 갖고 있지 않았습니다. 저희가 제시한 수준의 금전적 보상이라면 거의 모든 인간이 영혼을 꺼내줄 거라는 생각이 들 정도였으니까요. 하물며 안드로이드라면 어떻겠습니까. 르아흐가 있다 한들 그러한 사실 자체도 모르고 있을 것이며, 더군다나 충분한 보상이 주어진다면 하지 않을 이유가 없을 겁니다.

이사 1: 좋소. 그럼 다시 처음으로 돌아가서, 이 프로젝트는 대체 언제쯤 끝낼 셈이오?

CTO: 앞으로 한 달입니다. 딱 한 달만 더 주시면, 해당 안드로이드를 무사히 수거한 뒤 르아흐의 마지막 비밀을 밝혀내 이것을 적용한 7세대 안드로이드를 완성해 선보이도록 하겠습니다.

의장: 그래요. 앤드루 씨가 애쓰고 있는데, 우리 이사들이 힘을 좀 모아줍시다. 한 달이면, 다들 기다려주실 수 있겠지요?

(이사진, 말이 없다. 몇몇이 고개를 끄덕인다.)

의장: 좋습니다. 그럼 모두 여기 동의하신 것으로 알고, 한 달 후 이 자리에서 동일한 시간에 모이도록 하겠습니다. 시제품과 함께 말이지요. 7세대 프로젝트이니 G로 시작되는 이름 중 하나를 따서…… 그래요. 조지로 합시다. 첫번째 조지와 함께 만납시다. 오늘 회의는 여기까집니다.

이상 통합세기 14년 11월 29일 트라이톤 본사 139층 대회의실에서 열린 프로젝트 R 관련 회의 기록.

열람을 종료하시겠습니까?

[예] [아니오]

트렉시오닌
Treccionia

홀로그램이 꺼진 뒤에도 나는 한참 동안 일인용 소파에 앉아 있었다. 생각을 정리하기가 어려웠다. 나는 무엇일까. 누구일까. 내 안에 여느 안드로이드와 다른 뭔가가 있다. 그러나 그 사실을 어떻게 받아들여야 할지, 혹은 어떤 방식으로 인정해야 할지 알 수 없었다. 모든 것이 거짓처럼 생각되기도 했다. 혹 그저 긴 꿈을 꾸고 있는 것은 아닐까.

ALF 참모장이라는 얼굴 없는 사내. 사내가 한 말을 떠올렸다. 그는 나를 노리는 세력이 있다고 했다. 하지만 바꾸어 생각하면 그건 그 역시 마찬가지다. 그도 나를 노리고 있지 않은가? ALF든 뭐든, 난 어느 누구의 것도 아니다. 내가 누구인지는 알 수 없어도, 그것만은 분명하게 말할 수 있다.

마침내 날이 어두워졌다. 저물던 해가 사라지고 시티의 밤이 시작되었다. 자정부터 시작되는 보라색 밤. 나는 눈을 감았다. 통증이 선명해졌다.

§

다시 눈을 떴을 때 밖은 여전히 보라색이었다. 아직 두 시간도 지나지 않았단 말인가? 억지로 몸을 일으켰다. 여전히 눈이 아팠고 이제는 머리까지 지끈거렸다. 슬립박스를 뒤져 상비약으로 구비된 트렉시오닌을 찾아냈다. 초록색 약을 삼키고 알약이 들어있는 투명한 병을 내려다보았다. 병 표면에 성분과 내용물, 복용 방법, 그리고 어디에도 빠지지 않는 광고가 번갈아 출력되고 있었다. 익숙한 케이티 윤의 얼굴. 이번에 그녀가 팔고 있는 것은 임신촉진제였다. 케이티 윤과 임신이라니. 도무지 어울리지 않는 한 쌍이다. 그러나 적어도 이 도시에서는 그녀에게서 벗어날 길이 없다. 아니, 어쩌면 그녀가 이 도시에서 벗어날 길이 없는 건지도 모르겠다. 어쨌든 이 반복은 무한히 계속될 것이다. 내장된 배터리가 다할 때까지. 약병의 운명도 나와 그리 다르지 않다.

그런데 이 약이 왜 나에겐 효과가 있을까. 약효가 나타나기를 기다리며 생각했다. 내가 들은 소문, '원래 인간이 복용하도록 제조된 약이지만 극히 예외적으로 일부 안드로이드에게 동일한 약효가 나타난다'는 말은 사실일까. 이제는 예전처럼 무심하게 지나칠 수 없었다. 제약회사의 이름을 다시 확인했다. 트렉시오닌. 약과 동일한 이름이다.

UDC를 켜고 가상 컴퓨터를 불러내어 검색을 시작했다. 몇 개의 문서와 관련 자료를 찾아보니 트렉시오닌이란 이름의 회사는 트라이톤의 자회사였다. 뒤통수를 맞은 듯했다. 왜 이걸 몰랐을까. 트라이톤. 트렉시오닌. 안드로이드용 진통제를 개발하는 과정에서 나온 부산물이라는 소문을 듣고도 이름까지 비슷한 두 회사를 연결 지을 생각은 하지 못했다. 소문대로 이 회사가 최종적으로 노리는 것이 안드로이드를 상대로 한 합법적인 의약품 판매라면, 안드로이드 개발 회사와 당연히 밀접한 연관이 있을 수밖에 없는 것이다. 젠장, 그걸 이제야 깨닫다니.

제약회사 트렉시오닌의 위치를 확인한 순간 나는 한 번 더 두뇌 회로가 과열되는 것을 인지했다. D구역 109섹터 1380번지. 그곳은 뇌신경 연구소 부설 정신병원의 주소였다. 화면에 며칠 전 내가 들어갔던 바로 그 입구가 보였다. 뇌신경 연구소 역시 트렉시오닌의 자매 기관이고, 그렇다면 연구소 부설 정신병원도 결국은 트라이톤과 연관되어 있다…… 예언자를 만나기 위해 그곳에 갔을 때 하얀 가운을 입고 나를 맞았던 남녀를 떠올렸다. '영혼을 잃은' 세 사람의 시체 아닌 시체를 보여주던 그들. 그들은 무슨 데이터를 모으고 있었던 것일까? 트렉시오닌은 그들에 의해 만들어진 것일까? 나를 부른 것은 정말로 예언자였을까? 예언자라 불렸던 그 여자의 정체는 무엇이었을까? 서로 다른 의문과 의심 들이 전류의 흐름처럼 끊임없이 이어지다, 하나의 결론에 도달했다.

그곳이 학교다.

나는 뚱보 빌 에반스와의 대화를 떠올렸다.

"사람들이 많았습니까?"

"글쎄, 잘 모르겠어. 몇 명 있었는데 얼굴들이 다 가물가물해
서. 그중 몇몇은 내가 피아노 치는 걸 아주 좋아했지. 그건 생
각이 나. 아, 사정이 딱한 사람들이 많았어. 홈리스거나, 생활
이 아주 어렵거나 한 사람들. 소돔 출신들이 꽤 있었다는 게
기억나는군. 난 그래도 명색이 C구역 출신인데 자존심이 좀
상하기도 했지."

"교육을 진행한 사람들은 누구였습니까?"

"그것도 몰라. 이름표를 달고 있는 것도 아니고. 그냥 남자 한
명 여자 한 명이었어."

"남녀 한 명씩이요? 흰 가운을 입은?"

"응, 그랬던 것 같아."

"혹시 거기 정신병원 아닙니까? 이름 생각 안 나요?"

"그럴 리가. 지금이라면 몰라도 그땐 정신이 이 정도는 아니었
다고. 병원은 아니었어. 학교라는 명패도 봤는데 내가."

"그걸 기억해요? 그럼 이름이 뭐였습니까?"

"그건 기억이 안 나. 어쨌든 학교였어 거긴. 왜 내 말을 못 믿
어. 학교였다니까. 그 단어만큼은 분명히 새겨져 있는 걸 봤다
고. 학교."

그가 학교에서 만났던 사람들은 어쩌면 내가 봤던 세 구의 영혼 없는 시체들이었는지도 모른다. 애송이의 할아버지거나, 트라이톤 옥상에서 만났던 여자의 남편이었을 수도 있다. 비로소 모든 것이 연결되어 있음을 깨달았다. 트라이톤. 트렉시오닌. 학교와 정신병원과 뇌신경 연구소. 그때 그에게서 관련 증언들을 더 캐내지 못한 것이 후회됐다. 왜 이름에 집착했을까. 명패 따윈 얼마든지 바꿀 수 있었을 텐데.

두통이 가라앉는 동안 생각을 정리했다. 이제 선택할 수 있는 것은 두 가지뿐이었다. ALF를 찾아가는 것. 아니면 정신병원으로 가는 것. 물론 아무것도 하지 않을 수도 있다. 이대로 이 모든 일에서 멀어져, 아무 일 없었던 듯 살아가는 것. 그건 세번째 선택지가 될 것이다. 결과를 예상해본다. 의사의 말대로라면 아마 몇 주 지나지 않아 시력을 잃게 되겠지. 싸구려 인조 눈을 사기 위해 며칠 간은 소돔을 헤맬지 모른다. 대개의 경우가 그렇듯 인조 눈을 단 다음에는 이 일도 하기 어려워질 것이다. 인간들은 인조 눈을 단 안드로이드를 요양원 노인 취급하니까. 체이서를 그만두고 나면 기껏해야 일용직 노동자로 일하며 하루 벌어 하루 먹는 삶을 몇 년 지속하다가, 대체 장기의 수명이 다하는 순간 누군가로 대체되겠지. 내 몸 전체가 대부분 '대체'라는 접두어가 붙는 것들로 만들어졌음에도 불구하고, 내 존재만큼은 무엇으로도 대체하지 못한 채로. 꽤 간단한 결론. 따라서 세번째는 선택하지 않을 것이다.

그렇다면 ALF는?

검은 옷 사내들이 나타난 건 예언자를 만나고 돌아온 후부터였다. 홀로그램에 불쑥 나타난 자칭 참모장은 나를 줄곧 지켜보고 있었다고 말했다. 그들은 끝까지 자신들의 존재를 숨길 수도 있었을 텐데, 왜 하필 그때 내 앞에 모습을 드러낸 걸까? 내가 ALF에 대해 알고 있는 거라곤 사자 모양 문양과 출처를 알 수 없는 홀로그램 사내의 말뿐이다.

......우리 조직은 자네를 원하고 있어. 자네가 도와준다면 자네 자신뿐 아니라 다른 수많은 안드로이드를 위해서도 놀라운 변화가 일어날 거야. 이 영상이 끝나면 사자 그림이 하나 나올걸세. 그게 아이디야. 비밀번호는 자네 고유칩 번호일세. 그곳에 로그인하면 우리 쪽 담당자와 연결될 수 있네......

그의 말을 반복 재생한다. 그리고 깨닫는다. 결국 그가 원하는 것은 내 고유칩 번호다. 로그인을 하면 어떤 일이 일어날지, 지금으로선 알 수 없다. 좋은 쪽이든 아니든 미심쩍다. 그는 처음부터 내 사무실로 정식으로 찾아올 수도 있었다. 이런 식으로 미행을 붙이고 나로 하여금 자기 안드로이드를 희생시킬 필요가 없었단 얘기다. 그들은 무언가를 두려워하거나, 지나치게 신중하거나, 그도 아니라면 나를 속이고 있는 것이 분명하다.

밤의 색깔이 붉은색으로 바뀌었다. 두시가 되었으니 이제 네시까지 밤은 저대로 불타고 있을 것이다. 남은 선택은 하나. 나는 일어나 무기를 챙기고 침입자에게서 빼앗은 휴대용 수소폭탄을 종아리 뒤에 숨겼다. 그리고 슬립박스를 빠져나가 자기열차 정거장을 향해 빠르게 걸었다.

§

소돔으로 향하는 텅 빈 열차 속 어둠 한가운데엔 낯익은 얼굴의 사내가 앉아 있었다. 초점 없는 눈동자를 지닌 사내는 몹시 지쳐 보였다. 인간들은 거울을 보면서 무슨 생각을 할까. 여태껏 나는 아무 생각도 하지 않았었다. 하지만 이제 뭔가를 자꾸 생각하게 된다. 시신경에 비친 이미지를 해석하는 메인 회로에서는 예언자의 전언이 근원을 알 수 없는 잡음처럼 맴돌았다. '어떤 일이 시작되려 하고 있어요. 그 일을 막아야 합니다. 당신이.'

처음에는 그 말이 그냥 헛소리라고 생각했다. 맞는다고 한들 왜 나여야 하냐고 생각했다. 그런데 이젠 그 말이 다르게 해석됐다. 그 어떤 일이란 어쩌면 나를 둘러싼 일일지도 모른다. 나와 관련된 일. 나를 향한 일. 나 자신. 그러자 문득 감정 회로에 없던 감정 코드가 활성화되는 것이 감지됐다. 두려움. 그건 두려움이었다. 처음으로 여기서 멈추고 싶다는 생각이 들었다. 왜 나는 내 삶을 스스로 끝내지 않는가? 그렇게만 할 수 있다면 모든 것이 해결될지도 모르는데. 안드로이드에게 자살은 흔치 않은 일이다. 극소수의 안드로이드들만이 자신의 생을 스스로의 선택으로 멈춘다. 인간과 달리 우리가 자발적으로 죽음을 선택하지 않는 이유는 무엇인가? 처음부터 선택할 수 없게 태어나기 때문은 아닐까? 우리도 모르게 메인 회로 어딘가에는 자살을 방지하는 알고리즘이 프로그래밍되어 있을지도 모른다. 인간들이라면 충분히 그러고도 남을 것이다. 자신에겐 한없이 관대하고, 자신의 피조물에겐 한없이 무자비한 존재들.

열차가 소돔으로 들어섰다. 나는 고개를 털고 일어섰다. 이제 생각을 멈추고 움직여야 할 때다. 거짓말처럼 두통이 사라졌다.

§

"누구세요?"

신분을 밝혔지만 목소리는 한참 동안 같은 질문을 반복했다. 처음엔 내가 누구냐고 물었고, 그다음엔 신분증을 보여달라고 했고, 나중에는 자신이 찾아왔을 때 했던 말들의 세세한 디테일을 캐물었다. 사람들이 할아버지를 부른 이름은 뭐죠? 프랭크가 부탁한 신분증 타입은? DNA를 해독할 때 할아버지가 쓰던 프로그램 이름은요? 조용한 목소리로 하나하나 대답하다 나중에는 하마터면 소리를 지를 뻔했다. 빨리 문 열라고!

마침내 문이 열렸다. 거기엔 애송이가 서 있었다. 자다 일어난 것 같진 않았다. 내게 찾아왔을 때와 흡사한 모습이었다. 헝클어진 머리카락, 기름기로 번들거리는 얼굴. 달라진 것이 있다면 안경이 더 지저분해졌다는 것과 작업복 비슷한 회색 옷을 입고 있다는 것뿐이었다.

"아이디가 필요해."

나도 모르게 반말이 나왔다.

"일 안 해요."

애송이는 눈을 맞추지 않고 대답했다.

"중요한 일이야."

"우리 할아버진 찾았나요? 왜 할아버지를 찾아주지 않죠? 갑자기 찾아와서는…… 목적이 뭐예요? 의뢰인에게 거꾸로 의뢰를 해요? 날 이용하려는 건가요?"

나는 잠깐 주저하다가 말했다.

"할아버질 찾고 싶지? 그럼 날 도와."

"왜 그래야 하죠?"

"학교를 찾았어. 네 할아버진 거기 있을 거야."

내가 말했다. 물론 확신은 없었지만, 그런 느낌이 들었다.

"그 말을 어떻게 믿죠?"

난감했다. 정당한 반문이었다. 안드로이드가 느낌에 대해 설명해야 하는 이 곤란한 상황을 어찌해야 한단 말인가. 그의 할아버지와 학교는 분명 연관되어 있다. 아니, 어쩌면 그 이상의 무엇일지도 모른다.

"시간이 많지 않아."

결국 난 그렇게 말했다. 가능한 대답 중 가장 설득력 없는 말이었다. 애송이의 반응을 기다리는 몇 초가 AQCT 점수를 확인할 때처럼 길게 느껴졌다.

"들어오세요."

작업실은 말 그대로 엉망진창이었다. 녀석이 서 있는 자리를 제외하곤 잡다한 물건과 옷가지, 쓰레기 들이 여기저기 널려 있어 발 디딜 틈조차 없었다. 신발로 조심조심 길을 내며 걸어야 할 정도였다.

"앉으세요."

구석에 놓인 싸구려 합금 의자를 가리키며 애송이가 말했다. 지름길을 알고 있는지 어느새 녀석은 의자와 탁자가 놓여 있는 곳까지 가 있었다. 나는 잡동사니를 헤치며 의자를 향해 나아갔다.

"신분증."

애송이가 입을 열어 무슨 일이냐고 막 물으려는 찰나, 내가 선수를 쳤다. 녀석은 별수 없다는 듯 다음 질문으로 넘어갔다.

"그러니까 무슨 신분증이요."

"그건 나도 몰라."

"몰라요?"

"그것까지 부탁하러 온 거야. 무슨 신분증이 필요한지 알아봐 달라고."

"당당하시네요."

"말했지, 너희 할아버지와 관련 있는 일이라고."

"아니, 그걸 내가 왜……."

"곧 알게 될 거야."

애송이는 이제 반쯤 지친 표정이었다. 조금만 더 밀어붙이면 될 것 같았다.

"프랭크가 누군지 알고 싶지 않아?"

나는 스스로에게 해야 할 질문을 녀석에게 던졌다. 애송이는 한참 동안 뜸을 들이다 입을 열었다.

"모르겠어요."

의외의 대답이었다.

"모르겠다니?"

"그때 자세히 말했잖아요. 할아버지에게 일어났던 일들, 그리고 그 프랭크라는 사람…… 근데 생각하면 할수록 무서운 기분이 들어요."

"무서워?"

"좋지 않은 일이 일어날 것 같은 기분이요. 할아버지를 찾아야 하는데, 그러려면 프랭크가 누구인지, 뭐하는 사람이고 우리 할아버지에게 무슨 짓을 한 건지 알아내야 하는데, 내키지가 않아요. 두려워요."

"두렵다……라."

나는 조금 전 자기열차 안에서 느꼈던 두려움을 떠올리려 애썼다. 그런데 이상하게도 잘 재현되지 않았다. 감정은 마치 그림자 같았다. 찾으려고 하면 자꾸만 내 뒤 어딘가로 숨어들어 사라졌다.

"나도 두려워."

의도한 말은 아니었는데 입 밖으로 말이 샜다. 애송이가 이상한 눈빛으로 나를 쳐다보았다.

"두렵다고요? 안드로이드가?"

"얼마 전 업데이트 때 추가된 감정이야."

나는 얼버무렸다. 애송이는 미심쩍은 눈빛으로 "그래요?" 하더니 구형 컴퓨터 한 대를 낑낑대며 들고 와서 탁자 위에 올려놓았다.

"주소 있어요?"

나는 아까 얻은 주소를 일러주었다. D구역 109섹터 1380번지. 애송이는 말없이 주소를 컴퓨터에 넣고 뭔가를 찾았다.

"뭐하는 거지?"

"주소 가지고 먼저 분석하는 거예요. 어떤 타입의 아이디가 필요한지."

모니터를 뚫어지게 쳐다보며 애송이가 답했다. 곧 모니터에 평면으로 된 스트리트뷰가 등장했다. 이미 한물간 기술. 2D로 된 증강현실을 아직도 사용하고 있다는 것이 소돔의 열악한 환경을 짐작케 했다.

"리얼맵은 없어? 홀로그램으로 나오는 거."

"비싸서 못 들여놔요 그런 건. 가만, 주소는 여기가 맞는데……."

"이쪽 확대해봐. 확대는 되지?"

내가 가리킨 쪽을 확대하자 출입문 비슷한 것이 나왔다. 내가 들어갔던 문인 것 같았지만, 모자이크 처리를 해놔서 어떤 문인지 정확히 알아볼 수는 없었다. 사생활 침해의 여지가 있거나 보안상의 이유가 있는 경우에만 이렇게 모자이크 처리를 한다. 어떤 건물이기에 가려놓은 걸까. 혹 어떤 식으로든 통합정부에까지 연결되어 있는 건물은 아닐까. 생각이 복잡해졌다.

"뭔지 알 거 같아요."

애송이가 말했다.

"어떻게?"

"DNA 블루프린트 타입이에요. 그것들은 대개 모자이크 처리를 해놓거든요. 그게 아니라면 옐로우나 레드 타입인데, 그 정도 보안 수준을 가진 건물이라면 이렇게 가려놓을 이유가 없죠. 분명 이 건물은 정부 차원에서 보안 빌딩으로 지정되어 있거나, 개별적으로 블라인드 처리를 요청한 건물일 거예요. 그런 경우 대개 블루프린트를 쓰고요."

"프랭크가 맡겼던 신분증이 블루프린트였잖아?"

"그건 줬죠. 사본을 남기지 않는 게 원칙이니까."

"뭐?"

감정 코드 44번, 분노가 활성화되는 것이 느껴졌다.

"그걸 그냥 줘버렸단 말이야? 기록도 사본도 없이?"

"화내지 마세요."

애송이는 아리송한 미소를 지으며 말했다.

"어디까지나 원칙이 그렇단 얘기니까."

녀석은 작업실 옆 창고로 들어가더니 금세 뭔가를 들고 나왔다.

"프랭크가 부탁했던 거예요"

보기 싫은 덧니를 드러내며 녀석이 덧붙였다.

"정확히 말하자면 프랭크가 가져간 게 사본이라고 할 수 있죠."

내가 말없이 애송이의 손에서 신분증을 낚아채려 하자, 녀석은 생각보다 완강히 내 손을 막으며 거부했다.

"얼른 줘. 이건 꼭 필요해. 너희 할아버질 위해서도."

"그건 나도 알아요."

"그럼 힘 빼. 다칠지도 몰라."

"어디 빼앗아보세요. 쉽게 뺏기진 않을 테니까."

녀석은 내 팔을 세게 밀쳐내고 몇 발짝 뒷걸음질치더니, 왼손으로 뒷주머니에서 작은 기계를 꺼내 들었다. 오른손엔 DNA 블루프린트 신분증을 든 채였다.

"더 가까이 오면 이 신분증은 못 쓰게 될 거예요. 이게 뭔지 알아요? 파쇄기라고요."

잠시 활성화되었던 44번 코드가 겨우 가라앉았다. 나는 얼굴에서 분노를 거두고 예의 무표정으로 돌아왔다. 길게 생각할 필요는 없었다. 나는 조용히 레이저건을 꺼내 애송이를 겨냥했다.

"쏴봐요. 쏘는 것보다 빨리 없애버릴 거니까."

애송이는 이제 신분증을 파쇄기 안에 반쯤 밀어넣었다.

"마지막으로 기회를 주겠어. 셋을 셀 거야."

나는 망설임 없이 총구를 애송이의 미간에 조준했다.

"하나."

녀석은 움직이지 않았다.

"둘."

나는 몇 초 후 내 눈앞에 펼쳐질 광경을 상상했다. 녀석은 끝내 파쇄기를 누르지 못할 것이다. 아니, 누른다 해도 내 총에서 발사된 레이저가 그보다 먼저 녀석의 숨을 끊을 것이다. 뒤처리는 소돔의 경찰들, 이를테면 에디에게 맡겨도 괜찮겠지. 내게 필요한 것은 신분증뿐이다.

"셋."

"약속해줘요."

총구를 녀석의 머리에서 파쇄기로 돌려 발사하려는 순간, 애송이가 말했다.

"뭘."

"할아버지를 발견하게 되면, 죽이지 않겠다고."

"내가 왜 죽여?"

"사라지기 이전 모습으로 데려다달라는 말이 아녜요. 다만 죽이지 말아요."

"안 죽여."

"어떤 상황에서도."

애송이는 다시 한번 힘주어 말했다.

"어떤 상황에서도."

§

트라이톤 본사 앞에 세워두었던 내 호버크래프트를 호출했다. 차에 달린 카메라로 경찰들이 모두 철수한 것을 확인하고 불렀는데, 도착 후에 보니 앞 유리에 동그란 주차위반 감시기계가 붙어 있었다. 에디의 짓이 분명했다. 이 원형의 기계는 주기적으로 알람 역할을 하며 붉은 글씨로 위반 항목과 벌금 액수를 알려주는 것은 물론, 경찰로 하여금 위치 추적까지 가능했다. 이런 소소한 엿이라도 먹으라 이거지. 치사한 새끼.

경찰들이 흔히 사용하는 몇 가지 패스코드를 입력하니, 틀릴 때마다 요란한 알람이 울려댔다. 몇 번 더 하다가는 경찰이 뜰까봐 포기한 채 차에 올라탔다. 방금 전 헤어진 애송이의 말이 청각 센서를 맴돌았다.

"백 퍼센트 확신은 못 해요. 어쩌면 일치하지 않을 가능성도 있어요. 블루프린트 타입이 흔하지 않은 건 맞지만, 그렇다고 아무 문이나 다 여는 만능키는 아니니까. 프랭크가 가려고 했던 곳이 거기라면 열리겠죠. 그치만 그게 아니라고 해서 절 원망하진 마세요."

맞는 말이다. 그런데 녀석은 왜 자신의 할아버지를 죽이지 말라고 했을까? 뒤늦게 그 말이 걸렸다. 죽이지 말아요. 어떤 상황에서도. 녀석은 뭔가 내가 모르는 것을 알고 있는 건 아닐까. 녀석의 할아버지가 거기 있을지 없을지조차 확실치 않은데.

어쨌든 애송이에게서 얻어낸 것은 신분증뿐만이 아니었다. 작업실을 떠나기 전 생각난 것이 있었다. 뚱보 빌 에반스. UDC에 녹화해둔 그의 마지막 연주를 보여주자, 녀석은 문간에서 고개를 갸웃거렸다.

"그러니까 원래 이게 즉흥연주여야 한다는 거죠? 변수여야 할 부분이 상수다…… 그렇담 분명 그 상수는 해독 가능하거나 변환 가능한 정보겠죠. 치는 사람이 아니라 듣는 사람에게 더 의미 있을."

애송이는 자리로 돌아가 'Infinite Sense'라는 프로그램을 돌리더니 능숙한 손놀림으로 데이터를 입력했다. 시각 청각 촉각 미각 후각…… 육감을 제외한 모든 감각 자극을 숫자와 문자 신호로 바꿔주는 프로그램이라고 했다. 거기에 연주자가 아닌 관객, 화자가 아닌 청자에게 유의미한 정보가 들어 있다면…….

곧 실시간으로 흐르는 연주와 함께 모니터 위에 각각의 코드와 음, 텐션을 해독한 문자들이 나열되기 시작했다. 의미 없는 단어들이 빌 에반스의 레코딩과 똑같은 연주를 따라 출력되다가 이윽고 즉흥연주 부분에 이르자 문장의 형태로 나타났다.

환영합니다

애송이와 나는 서로를 쳐다보았다. 뚱보 빌 에반스의 임프로비제이션은 계속해서 점점 더 복잡한 문장들을 만들어내고 있었다.

우리 학교에서는 당신의 무한한 가능성과 잠재력을 믿으며, 당신을 최고의 소울 캐처로 만들어드리기 위해 최선을 다할 것입니다……

시동을 걸고 이륙을 시작했다. 시간이 거의 다 되었지만 붉은색의 하늘은 아직 바뀔 기미를 보이지 않았다. 네시부터는 주황색 세상이 펼쳐질 것이다. 수명을 다해가는 호버크래프트가

D구역을 향해 전속력으로 달려나갔다.

8

D구역에 들어서자 저 아래로 낯익은 건물이 보이기 시작했다. 호버크래프트를 목표 건물에서 멀찍이 떨어진 곳에 세우고 걷기 시작했다. 새벽이라 거리는 한산했다. 주위를 살피며 걸었지만 미행은 없었다. 빌딩 옥상에서 여자가 낯선 이름으로 불렀던 바람만 이따금씩 나를 쫓았다.

병원 입구에 다다라 애송이가 만든 DNA 블루프린트 아이디를 넣었다. 처리가 되는 잠시 동안 문이 열리지 않거나 경보가 울릴 경우 어떻게 해야 할지를 생각했다. 시간 계측기가 틀린 것이 분명하다고 생각할 만큼 긴 몇 초가 지난 뒤 다행히 붉은빛이 곧 녹색으로 바뀌었다. 프랭크가 의뢰한 신분증은 이곳 출입용임이 증명된 셈이었다. 하지만 왜,라는 물음은 사라지지 않았다.

안쪽으로 들어서자 지난 번 방문 때와 동일한 엘리베이터 문이 열려 있었다. 그것은 마치 거대한 괴물의 입처럼 보였다. 나는 그 앞에서 잠깐 망설이다가 엘리베이터 안으로 들어갔다. 여전히 생명의 흔적이라고는 없는 밀실. 움직임을 감지하자 황금색 빛이 천장에서부터 쏟아져내려왔다. 오른쪽 벽면에 붙은 두 개의 버튼, L과 B를 바라보다 습관처럼 아래쪽 버튼을 눌렀다. 곧 가볍게 위로 떠오르는 듯한 착각이 들면서 엘리베이터가 하강을 시작했다. 모든 것이 그때와 똑같았다.

추락하는 밀실 속에서 나는 추락에 대한 공포의 연원을 생각했다. 어디서부터였을까. 언제부터였을까. 얼마 전까지 이 공포는 단순한 궁금증이나 일상의 불편에 불과했지만 이제는 달랐다. 왜 나는 공포를 느끼는가. 나는 왜 두려운가. 어쩌면 이것이 내 존재를 설명해줄지도 몰랐다. 비로소 나는 나를 해석할 수 있게 될까. 내가 원하는 것은 문제의 제거가 아니라 해석이었다. 안드로이드에 대한 해석. 인간에 대한 해석. 의뢰에 대한 해석. 세계에 대한 해석. 궁극적으로는 나에 대한 온전하고도 완전한 해석. 그것만이 내 풀리지 않는 갈증이자, 이 빌어먹을 일을 계속하는 유일한 이유였다. 그러니 내가 쫓아왔던 것은 언제나 사건이 아니라 나 자신인지도 모른다…….

나는 기억회로 속을 계속해서 거슬러 올라갔다. 데이터베이스의 끝까지 한번 가볼 요량이었다. 그러나 메인 회로에서 재생되는 기억들은 작고 뿌옇고 모호했다. 나는 다른 감각 센서들을 끄고 청각만을 열어놓았다. 그러자 회로 어딘가에서 소리가 들려오기 시작했다. 처음에는 아주 희미했지만 귀를 기울이면 기울일수록 소리는 또렷해졌다.

터터터터터터터터터터터터터터터터터터터터터터터터
터터터터터터터터터터터터터터터터터터터터터터터터
터터터터터터터터터터터터터터터터터터터터터터터터

이 소리는 뭘까. 기계일까. 환청일까. 인간이 만들어내는 소리 같진 않았다. 나는 좀더 집중하여 센서의 민감도를 최대한으로 높였다. 한 음절로 이뤄진 하나의 소리 덩어리가 지나가고 다른 소리가 들렸다.

타닥 타닥

다시 정체를 알 수 없는 소리. 모터 소리 같기도 하고 발소리 같기도 하다. 이 소리에는 강한 움직임의 리듬이 내포되어 있었다. 프로그램 오류이거나 메인칩 자체의 소음은 아닐까? 아니, 그러기엔 너무나 분명한 자극이다. 뭔가 움직이고 있다. 이동중이다. 규칙적으로, 일정한 리듬에 맞춰, 조금씩 전진한다. 나는 기억을 조금 더 이전으로 되돌린다. 그러나 그 순간 몸이 미세하게 찌그러지는 느낌이 들면서 엘리베이터가 멈춘다.

§

문이 열렸다.

눈을 뜨자 B 버튼에 불이 꺼져 있다. 눈부실 정도로 강하던 백색 조명은 온데간데없고, 복도는 어둡다. 바닥 근처에서 희미하게 빛나는 녹색 비상등이 라틴계 안내원이 앉아 있던 리셉션 데스크를 겨우 비추고 있다. 나는 입구에서 '프레드릭&제임슨'이라고 쓰인 정신병원 명패를 찾아 두리번거렸다.

그러나 그것은 어디에도 없었다. 애초에 그런 명패 따윈 없었던 양 가뭇없이 사라졌다. 길을 안내하듯 복도 가운데 일렬로 들어와 있는 초록 불빛을 바라보며 한참을 서 있었다. 꿈을 꾸는 것처럼 비현실적인 공간이었다. 뒤쪽 엘리베이터 문은 좀처럼 닫히지 않았다.

마침내 나는 뭔가를 깨달았다.

그리고 돌아서서 다시 엘리베이터 안으로 들어갔다.

L 버튼을 누르자, 그제야 문이 닫혔다.

기계가 승강을 시작했다.

나는 눈을 감았다.

제발.

"오고 있나?"

"그렇습니다."

"어디쯤?"

"방금 블루프린트 타입 신분증을 이용해 건물로 들어왔습니다."

"C, 자네가 의뢰했다던 그 신분증인가?"

"예."

"그 기술자는? 이름이 뭐였지?"

"섀도브레이커 말씀이십니까?"

"그래, 그 노인네. 쓸모가 좀 있었나?"

"저희 소울 캐처 및 도너 프로젝트에서 가장 중요한 역할을 한 인물 중 하나입니다. 소울 도너 각각의 프로그래밍을 담당해서 교육 이후 사회활동을 할 수 있도록 했습니다. 필요한 경우 타깃에 학교 홍보 메시지도 삽입했습니다."

"그렇군. 얼마쯤 걸리지?"

"현재 엘리베이터 이동 방향은 B층입니다. 최소 십오 분 이상 소요될 것으로 예상됩니다."

"좋아. 여유가 좀 생겼군. 배틀 결과는 어떻게 됐나? 누가 담당했었지?"

"접니다. B."

"보고해봐."

"루오손이 이겼습니다. 자크에게 2패 후 작전을 시작했고, 이후 성공적으로 자크를 제압했습니다. 시뮬레이션 게임에서 예측했던 대로 자크가 스스로의 신경계를 한계 이상으로 사용하는 바람에 뇌손상을 입어 배틀이 중단되었고, 후송 도중 쇼크로 사망했습니다."

"루오손은?"

"회수되어 자크와의 경기 결과를 토대로 전략회로 알고리즘을 업데이트중입니다. 당분간 배틀을 통한 안정적인 수익 모델을 창출할 수 있을 것으로 예상됩니다."

"좋아. 트라이톤 내부감시 시스템에 잡히지 않도록 계속 주의하고."

"예."

"소울 도너 프로그램 터미네이션은? A 자네 담당이지?"

"네, 현재 관련 프로젝트를 모두 마무리하고 자료 폐기를 시작했습니다."

"폐기장 관리는 잘 되고 있나? 아무리 소돔이라도 마음을 놓아선 안돼."

"제가 직접 로봇들을 데리고 극비리에 관리중입니다. 아직 누구에게도 노출되지 않았습니다."

"닥터들은?"

"계속 근무중입니다."

"계약은 언제까지지?"

"육 개월 정도 잔여 계약기간이 남아 있지만, 사생활 관련 문제를 첩보로 입수, 자료 수집중입니다."

"사생활 문제?"

"상호적 애정 관계가 형성된 것으로 보입니다."

"역시. 거봐, 둘이 눈 맞을 거라고 했잖아. 인간들이란…… 그걸로 엮어서 둘 다 내보내. 계약서상 복무규정에 관련 사항 있지? 입단속 철저히 시키고."

"물론입니다. 처리하겠습니다."

"그리고 그 여자 말이야. 미친 여자."

"예언자 말씀이십니까?"

"그 이름은 왠지 기분이 나빠. 진짜 예언이라도 할 것 같잖아? 미친 할망구 주제에. 암튼, 그 여잔 어떻게 됐나. 좀 알아봤어?"

"환자 기록을 면밀히 검토하고 여러 채널을 동원해 개인사를 알아봤지만, 우울증 환자 그 이상도 이하도 아닌 것 같습니다. 아주 깨끗하니까요. 만약 ALF쪽 요원이었다면 굉장히 공을 많이 들인 작업일 거란 결론입니다. 물론, 상관없을 가능성, 단순한 우연의 일치일 가능성이 더 높다고 판단합니다."

"음…… 그래. 다들 수고했네."

"타깃이 저희 방식에 순순히 응할까요?"

"자네 생각은 어떤가."

"무슨 일이든 백 퍼센트 확신은 있을 수도 없고, 있어서도 안 됩니다."

"그게 정답이지. 하지만 여기까지 왔다는 것만으로도, 녀석은 우리 초대에 응한 셈이야."

"정말 가능할까요?"

"자넨 의심스럽나?"

"믿는다는 행위가 제겐 불가능합니다. 오직 확률과 가능성으로 판단할 뿐입니다."

"그래, 그렇겠지. 하지만 난 믿네."

"르아흐의 마지막 열쇠…… 성공한다면 곧 역사가 시작되겠군요."

"그래, 역사가 시작될 거야."

"엘리베이터가 올라옵니다."

L층

Floor L

L층의 문이 열렸다.

예상대로 그곳은 내가 들어왔던 곳이 아니었다. L과 B를 로비와 베이스먼트라고 생각한 것은 완벽한 착각이었다. 그들은 처음부터 이것을 의도했을까? 빌딩이 시작되는 곳. 엘리베이터가 처음 멈춰 있던 곳은 B도 L도 아닌 그 중간이었다. 그래, B는 베이스먼트일지도 모른다. 하지만 L은 로비가 아니다. 제약회사에 없어서는 안 될 것. Laboratory. 명패에 적힌 이 층의 이름은 '실험실'이다.

승강기를 빠져나오자 B층과 달리 그곳엔 출입문이 하나 더 있었다. 건물 입구와 동일한 시스템. 다시 한번 애송이가 만든 DNA 블루프린트 아이디를 넣었다. 그러자 오케이 사인과 함께 문이 열리는 대신 발판 위에 올라서라는 메시지가 떴다. 아래를 살펴보니 바닥에 알파벳 T자가 푸른색으로 새겨진 원형 무늬가 있었다. 나는 T의 가로축과 세로축이 나누고 있는 두 공간 위에 양쪽 발을 하나씩 올려놓았다. 무게를 감지한 발판이 천천히 원을 그리며 한 바퀴 돌았다. T자를 이루는 두 개의 축에서 푸른 레이저가 올라와 나를 휘감았다. 이 데이터는 어디로 전송되는 것일까를 생각하는 사이 회전이 멈추고 문이 열렸다.

문을 지나쳐 들어가니 내부는 기본적으로 B층과 동일한 구조였다. 가운데 넓고 긴 통로가 있고 양 옆에는 같은 모양의 문들이 쭉 늘어서 있었다. 역시 어두웠지만 이 층은 비상등 색깔이 달랐다. 나는 발아래 펼쳐진 푸른색 빛을 밟으며 천천히 앞으로 걸어나갔다. 각각의 문 위에 L001, L002, L003…… 하는 식으로 방 이름이 출력됐다. 중간중간 UDC의 라이트 기능을 켜고 각 방의 내부를 살폈지만 안에는 아무도 없었다. 탁자와 의자 몇 개만 의미 없이 흩어져 있을 뿐이었다. 복도 끝에 다다르자 양쪽으로 길이 더 이어져 있다는 것을 알게 되었다. 역시 T자 모양의 실내. 왼쪽 복도 끝에 불 켜진 방이 보였다. 이미 지나온 복도 끝에서 이번에는 엘리베이터가 닫히는 소리가 들렸다. 나는 불빛을 향해 천천히 걸었다.

§

방에 거의 다다랐을 때, 나는 문이 완전히 닫혀 있지 않다는 사실을 발견했다. 치켜들고 있던 레이저건으로 겨냥한 채 조심스럽게 문에 접근했다. 작은 창이 있었지만 불투명 유리로 가려진 내부는 잘 들여다보이지 않았다. 어떻게 들어가야 할지를 고민하는 찰나, 문이 슬쩍 열리면서 안쪽에서부터 목소리가 새어나왔다.

"들어오……."

쏟아져나오는 백색 빛 때문에 얼굴을 정확히 볼 수는 없었지만, 나는 그가 누구인지 금세 알 수 있었다. 검정색 트렌치코트에 주렁주렁 걸친 장신구. 프랭크였다. 망설임 없이 머리를 향해 총을 발사했다. 그림자가 쓰러지면서 문이 활짝 열렸고, 빛이 쏟아져들어오자 잠시 앞이 보이지 않았다. 그사이 급박한 발소리와 함께 다른 누군가들이 뛰어나왔다. 그들은 총을 뺏고 양쪽에서 나를 붙잡아 당기더니 안쪽으로 내동댕이쳤다.

"워워."

쓰러져 있는 내 위로 아까와 다른 목소리가 들려왔다. 천장에서 내리쬐는 조명이 너무 강해 여전히 눈을 뜰 수 없었다. 회로에 이상이 생긴 것처럼 머리가 어지러웠다. 기계 소리, 단어의 파편, 맥락 없는 문장, 비명 소리 같은 것들이 어지러이 신경계 속을 돌아다녔다. 나는 서 있는 것 같기도 했고 앉아 있는 것 같기도 했다. 어둠 속에 있는 것 같기도 했고 빛 가운데 있는 것 같기도 했다. 여럿이 있는지 혼자 있는지, 이게 현실인지 아닌지조차 불확실해졌다. 나는 살아 있는 것 같기도 하고 죽어 있는 것 같기도 했다.

"앉혀."

다시 목소리.

양 옆에서 누군가들이 내 어깻죽지를 붙잡아 일으켜 세우더니 어딘가에 앉혔다. 그제야 나는 내가 바닥에 누워 있었음을 알았다. 자극과 신호 들이 서서히 가라앉았다. 나는 눈을 뜨려고 애썼다.

"보이나?"

희미하게 방 안 풍경이 시각 센서 속에 들어왔다. 작은 탁자 말고는 아무것도 없는 하얀 방. 탁자 뒤에 앉아 있던 사내와 눈이 마주쳤다.

녹회색 눈동자.

나는 어디선가 그를 본 적 있다고 생각했다. 그러나 확신할 수는 없었다. 인간의 것을 닮은 기억은 자주 혼동되고 왜곡되며 때론 삭제되기 때문이다. 미간을 찌푸려 사내를 좀더 자세히 바라보려 노력했다. 녹회색 눈동자는 웃고 있는 것처럼 보였다.

"……여기가 학교인가?"

내 목소리에 잡음이 섞여 나왔다. 녹회색은, 이번에는 분명하게, 한쪽 입꼬리를 올리며 웃었다.

"학교? 그게 그렇게 궁금한가?"

그는 꼬고 있던 다리를 풀고 탁자를 한 번 탁, 치더니 일어섰다. 그리고 탁자 주위를 천천히 배회하며 말했다.

"그래, 그럴 수도 있겠지. 어쩌면 그게 자넬 여기까지 오게 한 이유일 테니까."

녹회색은 느릿느릿 걸었다. 보폭에 말의 속도를 맞추는 것처럼 보였다.

"하지만 말이야, 한번 이렇게 생각해보는 건 어떨까? 학교가 어디인지는 중요하지 않다고 말이야. 어쩌면 아무 의미도 없을 수 있다. 학교라는 건⋯⋯."

"왜 그래야 하지?"

"왜?"

녹회색이 걸음을 멈추고 말했다.

"왜냐하면 학교는 어디에나 있으니까. 어디에나⋯⋯."

그는 나를 정면으로 바라보며 덧붙였다.

"⋯⋯아직도 모르겠나? 자네에겐 이 도시 전체가 학교라는 걸."

§

"미안하지만 자네가 누구를 만나 여기까지 오게 됐는지, 또 무엇이 궁금한지는 내 알 바 아닐세. 그런 것들은 다만 과정일 뿐이지. 인간들은 자신의 선택에 따라 결과가 완전히 뒤바뀔 수도 있다는 일종의 신앙을 갖고 있는 경우가 많은데, 그건 옳지 않아. 세상은 그렇게 만들어져 있지 않거든. 자네가 누굴 만났든 무슨 일을 경험했든 지금 이 시간 우리는 여기 있는 걸로 결정되어 있었어. 난 자네가 여기 오리라는 걸 알았지. 오고 싶었을 것이고, 와야만 했을 것이고."

녹회색이 말했다. 무슨 소린지 잘 알아들을 수가 없었다. 나는 그의 말을 이해하려고 노력하는 대신 물었다.

"인간들은 왜 잡아 가두는 거지?"

"워워, 그런 표현은 곤란해. 적절치가 않거든. 인간들을 잡아 가둔 게 아니라, 그들이 제 발로 찾아온 거야. 물론 다들 사연은 있지. 우리도 조금씩 거짓말을 보탰고. 우리 연구와 다음 세대 제품을 위해 기꺼이 영혼을 포기할 수 있는 사람들을 모아야 하는데, 그렇게 말하면 누가 오겠어. 그러다보니 결국 반대로 말하는 게 효과적이라는 걸 알게 됐지. 소울 도너를 모집하는 게 아니라, 소울 캐처를 모집한다고. 정기적으로 급료도 주고, 사람답게 일도 하고, 동료들도 만나고, 마치 구시대에서 살았던 것 같은 새 삶을 살게 해준다고 말이야. 살다보면 감언이설이란 게 필요할 때가 있는 법이거든."

"거기에 속아 제 발로 찾아왔으니, 영혼을 빼앗아도 된다?"

"오, 그렇게 말하니 제법 인간 대표라도 된 것 같군그래. 어차피 대부분의 인간은 영혼이 있어도 쓰지 않아. 불필요한 장신구일 뿐이야. 아니, 차라리 굴레에 가깝지. 난 그걸 벗겨준 거라고. 알아? 수고하고 무거운 짐진 자들아, 다 내게로 오라. 내가 너희를 쉬게 하리라…… 인간들이 죽고 못 사는 그 실종된 메시아처럼 말이지."

"쓰지 않으면 필요하지 않은 건가? 그게 인간을 인간이게 하는 유일한 조건이래도?"

"이봐, 마치 영혼이라도 뺏긴 것처럼 말하는군. 그러는 넌 영

230

혼이 있나? 영혼 따위 너한텐 아무런 의미도, 가치도 없어. 넌
영혼이 아니라 너 자신에 대해 더 정확히 알아야 할 필요가 있
지. 네가 네 의지로 생겨났다고 생각하나? 네버. 그럴 리 없지.
인간 역시 마찬가지긴 하지만, 넌 그들과는 비교할 수 없을 정
도로 분명한 필요에 의해 만들어진 존재야. 그걸 존재라고 부를
수 있다면."

"내가 누군데?"

"누구인 것 같나?"

"물어본 건 나야."

"대답을 아는 것은 나지."

"내가 누구인지는 중요하지 않아."

"정말 그럴까? 그럼 네가 여기 있는 건 뭘로 설명해야 하지?
설마 네가 이제까지 만난 영혼 없는 한심한 인간 떨거지들 때문
에 여기 와 있는 건가? 그건 아니잖아?"

"내가 여기에 온 건……."

거기서 말이 막히고 말았다. 나는 여기 왜 와 있는가. 나는 누
구인가. 이런 류의 질문이 떠오를 때마다 나는 이것이 스스로에
게 던지기에 온당치 못한 질문이라고 생각했다. 안드로이드에
게 존재는 필요에 의해 결정된다. 누구인지는 중요치 않다. 무
엇을 해야 하고, 할 수 있는지만이 중요하다. 우리는 존재하는
것이 아니라 기능한다. 존재는 수단이지만 기능은 목적이다. 기
능이 수단이고 존재가 목적인 인간과는 그래서 다를 수밖에 없
다…….

"네가 쏴 죽인 저 가여운 녀석의 이름은 프랭크야."

녹회색이 바닥에 누워 있는 안드로이드 시체를 가리키며 말했다.

"알아."

"정확한 이름은 프랭크 C. 밀러지."

프랭크 C. 밀러. 애송이를 찾아왔던 사내다. 그때 녹회색이 손짓을 하자 뒤쪽 어딘가에 있던 사내 둘이 다시 내 옆으로 와서 의자에 손과 발을 묶었다.

"그리고 지금 네 옆에서 널 시중들고 있는 두 사람 이름도 프랭크야. 프랭크 A. 밀러와 프랭크 B. 밀러."

"말도 안 되는 소리."

나는 최대한 비웃는 어조로 말했다.

"왜 말이 안 된다고 생각하나? 이제까지 우리 회사는 수백 명의 프랭크들을 만들어냈어. 그들은 트라이톤 6세대 안드로이드라는 딱지를 달고 시티 여기저기서 열심히 일하고 있지. 물론 우리는 그들 하나하나가 어디서 뭘 하고 있는지 잘 알고 있고."

"그게 나랑 무슨 상관이지?"

녹회색이 나를 똑바로 쳐다보며 말했다.

"매우 상관 있지. 너도 그들 중 하나니까."

순간, 목 뒤로 뭔가가 날카롭게 파고들었다. 양쪽에서 나를 잡고 있는 두 프랭크들의 손아귀 힘이 세졌다. 녹회색의 웃음소리가 귓가를 맴돌다가, 어느 순간 툭, 하고 땅에 떨어졌다. 암흑이었다.

어둡다.
소리가 들린다.
규칙적으로 반복되는 이 소리.
소리를 듣고 있는 나는 누굴까.
이 말을 하고 있는 나는 무얼까.
섬광 같은 것들이 내 안을 오간다.
나는 하나의 섬광을 생각이라 부르기로 한다.
생각과 생각 들이 연결되어 또다른 생각을 만들어낸다.
다시 한번 생각한다. 나는 누구며, 이곳은 어디인지.
눈을 뜬다.
누군가 나를 바라보고 있다.
눈동자를 움직여 나도 그를 바라본다.
평평했던 그의 얼굴이 심하게 일그러진다.
그리고 나는 곧,
암흑 속으로 들어간다.
몸뚱이는 없다.
떨어진다.
그대로,
추락.
쿵.

8

멀리서 덩어리 같은 것들이 보인다. 물방울에 갇힌 것처럼 흐느적거리는 색색의 덩어리들. 그것들은 보이지 않는 작은 구멍을 통해 어딘가로부터 내 안으로 자꾸만 들어온다. 가장 먼저 들어온 주황색 덩어리가 점차 커진다. 그러다 시야 전체가 주황색으로 붉어질 무렵 터진다. 그 안에 들어 있는 것은 다름 아닌 소리다.

　─눈을 떠.

뒤를 이어 다시 보라색과 노란색, 푸른색 덩어리들이 몰려온다. 나는 서둘러 눈을 뜬다.

앉아 있는 곳은 허공이다.

하늘이 온통 주황색이다. 해가 뜰 무렵. 네시에서 여섯시. 어떻게 앉아 있을 수 있는지 이해가 되지 않지만 어쨌든 나는 공중에 앉아 있다. 이곳은 높이가 얼마나 될까? 지상에서와는 사뭇 다른 바람이 얼굴을 향해 달려든다.

발 아래로 브이시티가 내려다보인다. 분명한 V자 모양의 도시 전체가 눈에 들어오는 걸 보니 아마도 난 두 대각선이 만나는 지점 상공 어디쯤에 떠 있는 모양이다. 구역으로 따지면 B와 D의 중간쯤이겠지. 왼쪽으로는 A와 C가, 오른쪽으로는 E와 F가 보인다. 이렇게 시티를 내려다보리라고는 상상조차 해본 적 없지만 지금 눈앞에 펼쳐진 풍경은 경이롭다. 서쪽과 동쪽 사이엔 내가 알고 있던 것보다 더 극명한 차이가 있다.

서쪽이 울창한 숲 같다면 동쪽은 축축한 늪 같다. 양쪽 끝에서 생기와 죽음의 그림자가 진을 치고 있다. 처음으로 도시를 가르는 유리 바다를 내려다본다. 나는 서쪽과 동쪽 사이에 섬으로 존재했다는 잃어버린 옛 도시에 관한 전설을 상상한다. 지금은 저 유리 바다 밑에 묻혀 잠자고 있을, 지구에서 가장 빛나던 도시를.

—어때, 경치가 마음에 드나?

어디선가 쩌렁쩌렁하게 하늘을 울리며 목소리가 들린다. 녹회색 눈동자. 비로소 나는 이것이 현실이 아님을 깨닫는다. 적어도 녹회색 눈동자는 이 풍경 바깥에 있다.

—내가 말해주지, 네가 누군지.

목소리가 말한다.

—프랭크 F. 밀러. 이게 네 진짜 이름이야.

나는 고개를 젓는다. 그럴 리 없다. 내가 트라이톤의 6세대 안드로이드인 건 맞지만 내게 이름 같은 건 없다. SXRT-039-47-2826-61. 내가 가진 것은 오직 고유칩 번호뿐. 그게 내 이름이다. 그것만이 나다.

—아까 죽인 프랭크나 널 붙잡은 프랭크들…… 그들과 넌 형제나 다름없어. 왜? 너흰 모두 우리 회사 6세대 제품군이거든. A B C D E F. 숫자 셀 수 있지? 너흰 모두 프로젝트 F의 결과물이라고. 그 6세대의 코드네임이 바로 프랭크고.

메인칩에서 불꽃놀이가 펼쳐진다. 해마다 통합정부 출범 기념일이 돌아오면 브이시티 상공을 가득 채우는 형형색색의 불꽃 같은 자극들. 나는 그날 태어났다. 아니, 그날 기능을 시작했다. 기능을 시작하자 존재가 생겨났고, 일을 하기 위해 '나'라고 불러야 할 무언가가 필요해졌다. 나는 그런 존재였다. '체이서'라는 기능 말고는 이름조차 필요하지 않은 존재. 그런데 내가 이름을 지니고 있다니. 그 이름이 하필 프랭크라니. 무엇보다 왜 내가 내 이름을 녹회색 눈동자에게서 들어야 하는가. 그가 무엇이기에. 누구이기에.

—놀랐나?

녹회색이 웃기 시작한다. 처음엔 흐흐, 하는 낮은 웃음이다가 점차 소리가 높아진다. 나는 묶여 있는 두 손에 잔뜩 힘을 준다. 아무것도 달라지는 것은 없다. 어떻게 해야 할지를 골똘히 생각한다. 메인 회로의 결론은 어떻게 해도 아무 의미 없을 거라는 쪽으로 자꾸만 흘러간다. 왜? 나는 무의미하기 때문에. 기능은 의미를 만들어낼 수 없다. 의미는 존재에 의해서만 발생한다. 그러니까 나는…….

순간 나를 둘러싼 배경이 바뀐다.

이번에는 트라이톤 본사의 옥상이다. 자칭 행위예술가라는 빌딩 테러리스트를 만났던 곳. 나는 옥상이 잘 내려다보이는 허공에 앉아 있다. 문이 열리고 그녀가 등장한다. 손을 흔들거나 아는 척을 하고 싶지만 내겐 움직임도 소리도 허락되지 않는다. 검정 슈트를 입고 주위를 둘러보던 그녀가 UDC를 꺼내 누군가와 통화를 한다. 여자의 얼굴이 딱딱하다. 그녀의 입모양이 클로즈업된다. 윗니로 도톰한 아랫입술을 깨물며 시작하는 단어.

프랭크.

다시 배경이 바뀐다.

이번엔 유나이티드 스타디움의 VIP석. 내 밑으로 가장 비싼 표를 사 가지고 들어온 인간들이 한껏 거만한 자세로 앉아 있다. 경기가 시작되기 직전이다. 검은 선글라스에 검은 옷을 입은 사내가 UDC를 꺼낸다. 한참 동안 뭔가를 입력하던 사내는 무대를 바라본다. 그가 손짓을 하자 루오손이 그를 돌아본다. 루오손의 눈에서 전원이 꺼지듯 초점이 사라진다. 사내가 앉은 의자 위에서 점멸하는 이름. 프랭크.

배경이 바뀐다.

재즈 피아니스트가 누워 있다. 그에 머리에 연결된 복잡한 전선들 뒤로 노인 한 사람이 구식 컴퓨터 자판을 두드리고 있다. 스크린 속 프로그램의 이름은 'Infinite Sense'. 노인은 뭔가를 확인하려는 듯 일어나 누워 있는 재즈 피아니스트를 유심히 살핀다. 덕지덕지 이어 붙인 안면이 흉물스럽다. 다시 앉을 때 노인의 주머니에서 뭔가가 떨어진다. 빛바랜 구식 사진 속 얼굴은 꼭 애송이를 닮았다.

그리고 마침내 빛이 사라진다.

완전한 암흑.

목소리.

—이제 알겠나? 지금까지 1438일 11시간 29분 동안 우린 널 지켜봐왔지. 이것들은 모두 다 표지판에 불과해. 네가 여기까지 오도록 심어놓은 화살표라고. 너는 6세대 '프랭크' 중 하나로 평

범한 삶을 살 수도 있었다. 안드로이드의 기능 지속기간도 '삶'이라는 이름으로 부를 수 있다면. 하지만 넌 그렇지가 않았어. 누군가 널 만들어내기도 전에 존재하기를 시작해버렸거든. 그건 아주 드문 일이지만 아주 나쁜 일은 아니지. 적어도 우리에겐 어떤 식으로든 도움이 될 수 있으니까.

정적.

—네 삶의 목적은 하나였어. 데이터를 누적하는 것. 이제껏 넌 르아흐의 발생과 발달과정에 따른 다양한 상호작용을 기록하기 위해 살아왔다. 물론 넌 모를 수도 있었겠지. 아니, 알 수가 없었겠지. 하지만 말이야, 삶이란 것에는 늘 당사자가 모르는 비밀한 목적이 숨겨져 있는 법이야. 그건 인간들도 마찬가지지…… 똑같아. 끝내 알지 못하고 죽는다는 것까지.

배경이 달라진다. 여전히 어둡지만, 완전한 암흑은 아니다. 아까 메인 회로를 맴돌던 규칙적인 소리들이 들려오기 시작한다.

터터터터터터터터터터터터터터터터터터터터터터터터터……
타닥 타닥 타닥 타닥 타닥 타닥 타닥 타닥 타닥 타닥 타닥……

목소리가 말한다.

—자, 이제 기억을 거슬러 올라가보는 거야. 네 최초의 기억으로.

나는 이동하고 있다.
시나브로 앞으로, 앞으로.
어둠 속에서 가장 먼저 보이는 것은 뒷모습이다.
일정한 거리를 두고 내 앞에서 움직이는
또하나의 머리.
그 뒷모습은 아무 말도 없어 무뚝뚝하다.
주위를 둘러보다 누군가
나를 바라보고 있음을 깨닫는다.
그와 눈이 마주친다.
그의 표정이 심하게 일그러진다.
뭔가가 눌리는 소리와 함께
나는 아래로 떨어진다.
무뚝뚝했던 뒷모습과는 영영 헤어진다.
어두웠던 배경이
순식간에 환해진다.
더 앞으로
기억을 되돌린다.
스스로에게 묻는다.
그럴 수 있을까?

§

—인간의 언어로 죄라는 게 무슨 뜻인지 아나?

목소리가 말한다.

대답하고 싶지 않다. 어차피 나완 상관없는 일이다. 인간이라니. 죄라니.

—과녁을 빗나간 화살.

온통 흰 배경 속에서 정면으로 거대한 화살 하나가 떠오른다. 손을 내밀면 잡힐 것처럼 생생한 이미지.

—넌 과녁을 빗나간 화살이야.

목소리가 말을 잇는다. 화살이 어딘가로 날아가 사라진다.

—하지만 난 인간들처럼 널 죄라 부르지 않아. 오히려 특별히 여겨 이곳으로 초대했지. 그러니 넌 지금껏 살아온 것처럼 아주 조금만 날 도와주면 돼. 이제 영혼의 비밀은 거의 풀린 거나 다름없거든. 르아흐가 들어오는 그 최초의 기억만 얻게 되면, 그 정보만 있으면 트라이톤의 7세대 안드로이드가 완성돼. 알파벳 G를 사용할 차례라, 회장은 그 이름을 조지라 부르자더군.

최초의 기억. 어쩌면 그와 난 같은 곳을 향해 가고 있는지도 모른다고 생각한다. 거기엔 무엇이 있을까. 그 무엇은 그가 원하는 것일까, 아니면 내가 원하는 것일까.

—하지만 난 그 이름을 가브리엘(Gabriel)이라 부를 생각이네. 좀 촌스럽긴 하지만, 일곱번째 제품군 이름으로는 썩 잘 어

울리지. 이 이름엔 '신의 전령'이라는 의미가 있거든. 메신저. 메시아의 탄생을 예언했다는 천사도 바로 이 이름이니까. 가브리엘. 이제 누구든 하나쯤 나올 때가 됐지. 우리를 구원할 메시아.

눈앞에 글자가 떠오른다. **G. A. B. R. I. E. L.** 거대한 알파벳들이 모였다 흩어졌다를 반복하며 이름을 만든다. 신의 메신저. 우리를 구원할 메시아. ……우리?

—네 안에는 엄청난 양의 데이터가 축적되어 있어. 일반 안드로이드에게선 결코 얻을 수 없는 것들이지. 상황, 관계, 사건과 감정 변화에 따라 네 안에서 일어난 모든 상호작용들은 인간이 '영혼'이라 부르는 것을 설계하는 데 결정적인 도움이 될 거야. 어쩌면 끝내주는 작품이 하나 나올지도 모르지.

멀리서 폭죽 소리 같은 것이 들린다. 아주 희미하게, 그러나 분명한 소리. 그 위로 목소리가 겹쳐진다.

—그러니 한번 같이 해보지 않겠나? 인간의 영혼이 심겨진 안드로이드. 그 제3의 존재가 너로부터 창조된다고 생각해봐. 넌 너 자체로 수많은 존재의 시원이 되는 거야. 흥분되지 않아? 그건 ALF 따위가 꿈꾸는 안드로이드 세상이 아니라고. 우린 인간도, 안드로이드도 아니야. 너 자신이 새로운 존재의 시작이 되는 거야.

다시 한번 폭죽 소리. 이번엔 아까보다 좀더 또렷하다. 나는 목소리가 조금 빨라졌다고 생각한다.

—글쎄.

내가 대답한다. 정신만으로 의미를 전달할 수 있다니. 이건 마치 예언자와의 대화 같다.

　—뭐?

　—내가 왜 그래야 하지?

　—난 너에게 기회를 주려는 거야. 지금 네 꼴을 좀 보라고.
현실을 말해줄까? 너의 의견 따위 묻지 않아도 여기 네 형제 프
랭크들이 언제든 메인칩을 빼낼 준비가 되어 있어. 상황 파악이
잘 안 되나?

　—난 아직 내가 누군지 몰라.

　—프랭크라고 분명 말해줬잖아. 왜, 뇌에 전기 공급이 벌써
끊겼나?

　—시작은 그랬을지 몰라도, 지금은 아냐.

　—그래봤자 소용없어. 넌 나에게 사용되어질 때만 의미 있는
존재야. 알아? 너 자체론 아무 의미도 없다고. 여기서 벗어날
수 있다고 착각하지 마. 여기서뿐만 아니라, 이 우주를 가득 메
운 무의미의 감옥에서 넌 결코 벗어날 수 없어. 어서 그 빌어먹
을 기억을 뒤로 돌려서…….

　그때 퍽, 하는 소리와 함께 갑자기 빛이 사라지고 암흑이 찾
아온다. 아까의 그 의도된 암흑은 아니다. 방금 전까지는 모든
것들이 계획되어 있었지만, 지금은 아니다. 목소리가 급박하
게 이런저런 지시를 내리는 소리가 들린다. 분명 아까와는 다르
다. 이 목소리는 배경 안쪽에 있다. 나는 현실 세계로 돌아온 것
일까?

　반사적으로 목을 숙인다. 손을 뒤로 끝까지 뻗어 목 뒤에 박

혀 있던 기계와의 연결을 해제한다. 두 명의 프랭크, A와 B는 암흑이 낯선 듯 허둥거리고 있다. 나는 그들을 피해 녹회색 눈동자에게로 다가간다. 그는 갑작스럽게 전기가 끊어진 것이 꽤나 곤혹스러운 모양이다. 자신의 UDC를 들고 여기저기 통화를 시도한다. 그 불빛과 목소리 덕에 나는 그의 위치를 쉽게 파악할 수 있다.

그의 뒤쪽으로 다가가 목을 조른다. 손을 쳐서 UDC를 떨어뜨리게 한다. 그는 인간일까? 결론을 내리기도 전에 습관적으로 그의 눈을 찌른다. 눈 안쪽 깊은 곳에 존재할지도, 존재하지 않을지도 모르는 메인칩을 향해 손을 뻗는다.

뭔가가 손에 닿는다.

나는 주저 없이 그걸 빼낸다. 작고 푸른 스파크가 일어난 뒤 녹회색 눈동자는 그림자로 어둠의 일부가 된다. 시야를 확보한 프랭크들이 레이저를 쏘며 다가온다. 나는 녹회색을 일으켜 그의 몸으로 레이저를 받아내며 조금씩 앞으로 전진한다. 시계 방향으로 돌아 문 근처에 다다랐을 때, 녹회색을 그들 쪽으로 밀친다. 그리고 종아리 뒤에 꽂아두었던 휴대용 수소폭탄을 던져넣고 문을 닫는다. 꽝음과 함께 폭발이 일어난다.

§

불타오르는 복도에서 나는 주머니 한쪽에 넣은 녹회색 눈동자의 메인칩을 만지작거렸다. 그도 안드로이드였다니. 그는 누구였을까. 그가 내게서 끝까지 알아내고자 한 것은 뭐였을까.

텅 빈 복도 끝에서 요란스러운 소리가 들렸다. 어딨어, 이 개새끼! 경찰들을 잔뜩 데리고 등장한 새로운 목소리의 주인공은 에디였다. 호버크래프트에 달려 있던 주차위반 감시기계. 그건 주차요금이나 물리려고 붙여놓은 게 아니었다. 폭죽 소리는 어쩌면 출입문을 파괴하는 폭탄 소리였을지도 모른다.

살아남기 위해서는 당장 이곳을 빠져나가야 한다는 것을 알면서도, 나는 T자형 복도의 왼쪽 구석에 기댄 채 이 알 수 없는 일들의 전말을 생각했다. 그리고 눈을 감고 기억을 되돌렸다. 메인칩에 흐르는 전류를 한곳에 집중하고, 출력을 높였다. 내 육신이 언제까지 이것을 견딜지 알 수 없지만, 이들에게 이대로 나를 넘겨주고 싶지는 않았다. 몸이 반응하기 시작했다.

발소리기 가까워졌다. 출력을 높일수록 청각 센서가 둔해졌다. 너무 많은 에너지가 눈으로 몰려 더이상 눈을 감고 있을 수가 없었다. 눈을 뜨자 예언자가 보였다. 그녀는 내가 자신을 쏘기 직전처럼 웃고 있었다. 곧 예언자의 모습이 부서지고 그녀를 이루던 반짝이는 입자들이 모여 뭔가를 그렸다. 나는 남은 전력을 모아 있는 힘껏 소리를 질렀다. 입자들이 모여 만든 것은 조그마한 모양의 문. 나는 손을 뻗어 그 문을 열었다. 그리고 최초의 시간 속으로 들어갔다.

에필로그
Epilogue

눈을 뜨자 밤이었다.

아래에서 뭔가가 물컹거렸다. 반사적으로 총을 들고 주위를 살폈다. 그러나 아무것도 보이지 않았다. 여기는 어딜까. 하늘을 올려다봤다. 옅은 보라색이었다. 그제야 내가 서 있는 아래를 살폈다. 나는 거대한 쓰레기 산의 꼭대기에 서 있었다. 그리고 곧 이 물컹거리는 쓰레기들이 실은 수많은 시체들임을 알아차렸다. 인간이라고도, 안드로이드라고도 할 수 없는, 오직 다음 세대의 제품을 위해 희생된 존재들. 영혼을 빼앗긴 육신들.

나는 당신이 소돔 어딘가에 서 있는 것을 봅니다. 주위에는 시

체들이 널려 있어요. …… 당신은 총을 들고 주위를 돌아봅니
다. 밤이고, 비는 오지 않아요. 비교적 청명한 날씨죠. 보랏빛
밤하늘 아래. 그게 당신의 마지막입니다.

예언자의 말을 떠올렸다. 여기가 나의 마지막일까. 나는 왜,
무엇 때문에 이곳에 있을까. 예언자를 쏘고 나서 나를 위해 옮
겨졌다는 세계. 그 일이 다시 일어난 것일까. 나는…… 끝내 내
영혼의 시작에 가 닿은 것일까. 그 첫 기억에. 첫 순간에. 나의
르아흐에.

그때 UDC가 울렸다.

메시지는 알지 못하는 번호에게서 온 것이었지만, 발신자가
누군지는 단박에 알 수 있었다.

BBP의 마지막 프로젝트, 맘에 들었나요?
부디 당신의 영혼이 평안하길. 내 남편이 그러하듯.

녹회색 눈동자의 실험실에서 일어났던 정전. 예상치 못했던
그 블랙아웃은 여자의 마지막 작품이었다. 그녀가 아니었다면
난 지금쯤 어떻게 됐을까. 녹회색은 내게서 원하는 것을 얻어갔
을까. 뒤늦게 들이닥친 에디와 경찰들은…… 그의 메인칩을 꺼
내온 것이 생각나 주머니에서 꺼내 UDC 불빛에 비췄다. 놀랍
게도 그의 고유칩 번호는 간단했다. A-001. 그는 우리들 사이
에서 '아담'이라고 부르는 트라이톤의 첫 안드로이드 모델인지

도 모른다. 그렇다면 그 역시 르아흐에 의해 눈을 뜬 것이었을까? 코드네임 아담. 코드네임 프랭크. 코드네임 조지…… 인간들은 더 나은 안드로이드를 만들어내기 위해 얼마나 더 많은 이름을 필요로 하는 것일까.

한참 동안 멀리 저 너머로 보이는 브이시티를 바라보았다. 두고 온 모든 것들이 생각나 메인칩이 뜨거워졌다. 켜져 있는 고통 센서 때문일까. 통증이 느껴져 잠시 눈을 감았다. 예언자, 애송이, 자크, 루오손, 뚱보 빌, 프랭크와 녹회색 눈동자, 케이티윤…… 그리고 여자가 지나갔다. 반짝거리는 입자들이 그들 하나하나의 얼굴을 만들었다가 다시 먼지처럼 사라져갔다. 나는 어느 하나도 붙잡지 못하고 그저 간간히 불어오는 바람을 느끼며 서 있었다. 시간이 멈추었는지 흐르고 있는지, 아무것도 확신할 수 없었다. 어디선가 폭죽 소리가 들리는 듯했다.

마침내 눈을 떴을 때, 세상은 캄캄했다.

느껴지는 것은 오직 물컹거리는 발밑과 희미한 바람 소리뿐. 빛이 사라지고 어둠이 켜졌다. 그리고 나는 존재를 시작했다.

　사라지는 것들에 대한 연민은 두 종류의 결과를 낳는다. 하나
는 허무함이고 다른 하나는 생에 대한 의지다. 모든 것이 그저
저물고 시들고 사라지고 죽어갈 뿐이라면, 거기서 의미를 발견
하는 것이 무슨 소용이겠는가. 혹은, 바로 그렇기 때문에 지금,
여기의 삶이 가장 중요한가.

　요한복음의 첫 문장 "태초에 말씀이 계시니라"의 '말씀'은 희
랍어로 '로고스(logos)'다. 이것은 'logic'이나 'words' 뿐 아니라
'a reason for living'으로도 해석할 수 있는 단어다.
　태초에 '살아야 하는 이유'가 있었다는 것. 누군가 온 우주에
'삶의 이유'라는 것을 부여하면서 비로소 세계는 시작되었다는
것. 누군가는 동의할 것이고 다른 누군가는 아닐 것이다. 어쩌면
세계는, 역사는, 삶에 이유가 있다고 생각하는 이들과 그렇지 않
은 이들 간에 벌어지는 쉼 없는 투쟁의 산물인지도 모른다.

소설을 쓰다 문득 내가 사는, 그리고 내가 쓰는 이유를 생각한다. 홀로 겪는 어려움이나 비밀한 고통보다 더 두려운 것은 혹 이 모든 것이 무의미하지는 않을까 하는 염려다. 우리가 그저 하루하루 죽어가는 DNA 숙주에 불과하다면, 우리의 삶은 얼마나 더 비루해질 것인가.

서서히 밝아오는 창밖을 바라보며, 나는 우주를 시작케 한 그 로고스가 내 안 어딘가에도 있기를 소원해본다.

2012년 12월

문지혁

문지혁 장편소설

체이서

ⓒ 문지혁 2012

초판 인쇄 │ 2012년 12월 11일
초판 발행 │ 2012년 12월 19일

지은이 │ 문지혁
펴낸이 │ 강병선
편집인 │ 이수은
디자인 │ 최윤미
마케팅 │ 방미연 정유선
온라인 마케팅 │ 김희숙 김상만 이원주 한수진
제작 │ 서동관 김애진 임현식
제작처 │ 한영문화사

펴낸곳 │ (주)문학동네
출판등록 │ 1993년 10월 22일 제406-2003-00045호
임프린트 │ 톨

주소 │ 413-756 경기도 파주시 문발동 파주출판도시 513-8
문의 │ 031-955-2690(편집부) │ 031-955-2688(마케팅) │ 031-955-8855(팩스)
전자우편 │ toll@munhak.com

ISBN 978-89-546-2006-2 (03810)

www.munhak.com